남의 썸 관찰기

남의 썸 관찰기

초판 1쇄 발행 2023년 2월 27일
초판 3쇄 발행 2024년 4월 30일

글 청예

편집장 천미진 | **편집책임** 김현희 | **편집** 최지우
디자인 디자인DAO | **마케팅** 한소정 | **경영지원** 한지영

펴낸이 한혁수 | **펴낸곳** 도서출판 다림 | **등록** 1997. 8. 1. 제1-2209호
주소 07228 서울시 영등포구 영신로 220 KnK 디지털타워 1102호
전화 02-538-2913 | **팩스** 070-4275-1693 | **전자 우편** darimbooks@hanmail.net
블로그 blog.naver.com/darimbooks | **다림 카페** cafe.naver.com/darimbooks

© 청예 2023

ISBN 978-89-6177-304-1 (43810)

남의 **썸** 관찰기

청예 장편 소설

다림

+ 차례 +

조심히 다뤄 주세요.

사랑하라, 한 번도 상처받지 않은 것처럼.

알프레드 디 수자

• • •

제 첫사랑은 열다섯 살 때였습니다. 학원의 사회 선생님을 좋아했어요. 지금 생각하면 이불킥감이지만, 그때는 선생님을 생각하면 공부도 되지 않았습니다. 이뤄질 수 없는 금단의 사랑에 빠진 느낌이라 가슴도 많이 아팠고요. 그러다 고백을 해 보기로 마음을 먹었습니다.

'쥬스팜'이라는 곳에서 딸기주스를 두 병 사서 학원 교무실로 향했습니다. 그 딸기주스가 당시 제 친구들 사이에서는 인기 최고였거든요. 그런데 교무실 창 너머로 사회 선생님이 예쁜 영어 선생님과 화기애애하게 담소를 나누는 모습이 보였습니다. 그때 저는 충격을 받고 강의실로 돌아가 혼자 주스 두 병을 다 마셔 버렸어요. 그리고 마음을 정리했습니다.

저에게 '연애'란 친구들이 가방 안에 담아 오던 젤리처럼 내게도 하나 나눠 줬으면 좋겠다 싶은 달콤함이었습니다. 갖고 싶지만 가질 수 없었던 단맛이요. 그 어린 마음을 추억하며 살아가기에 지금의 제가 존재합니다.

당신의 나이와 무관하게, 당신이 느꼈던 모든 사랑이 소중한 순간으로 가슴속에 남기를 바랍니다. 조금은 낯간지럽지만, 사랑이야말로 이 건조한 현실에서 유일하게 습기를 잃지 않는 촉촉함이니까요.

열심히 사랑하시고 늘 관대함을 잃지 말아요, 우리!

청예

썸이 뭐길래

"넌 대체 이게 뭐가 맛있다고 좋아하는 거야."

내기에서 진 도현이 매운 볶음면 한 컵을 겨우 다 비우고는 제자리에서 발을 굴렀다. 매워 미치겠다며 펄쩍펄쩍 뛰어오르는 모습이 꼭 깜짝 놀란 시베리안 허스키 같았다. 그 모습이 웃겨서 동영상 촬영을 하다가 남의 고통을 보고 웃지 말라는 손짓에 저지당했다.

도현이 혀를 길게 내밀고 헥헥거리며 숨을 뱉을 때마다 매운 향이 뿜어져 나왔다. 부채질하느라 분주한 도현의 손끝을 바라보았다. 가느다란 마디 끝의 손톱이 정갈했다. 도현의 손톱에는 날카로운 외모와 달리 초가을 오후 6시의 주홍빛에도 지지 않는 연분홍빛이 서려 있었다.

"그러게 내기는 왜 했냐?"

"이렇게 매울 줄은 몰랐지."

"난 맛있기만 하던데."

"박하은, 넌 진짜 맵치광이야."

주말의 꽃말은 복습이라고 했던가. 같은 학원에 다니고 있는 우리는 기왕 18세 고등학생으로 사는 김에 제대로 공부해 보자 합의를 봤다. 적절한 동기 부여를 위해 고안한 방법이 '주말 쪽지 시험 내기'였다. 이번 주는 내가 이겼다. 벌칙으로 우리는 서로 잘 못 먹는 음식을 먹기로 했다. 도현은 매운 볶음면, 나는 민트 음료였다.

편의점에 다시 들어가 바나나우유 두 개를 사 왔다.

"이거 마시고 정신 좀 차려 봐."

"바나나우유? 병 주고 약 주고네."

"안 마실 거란 뜻?"

"아니. 완전 고맙단 뜻."

"벤치에 앉아서 마시자."

편의점에서 도보 3분 거리에 있는 공원으로 향했다. 도현은 벤치를 발견하자마자 나보다 먼저 뛰어가 나뭇가지 잔해를 털어 냈다. 그러고는 가방에서 무지 노트를 꺼내 재빨리 몇 장을 찢더니 내 자리 위에 깔아 주었다.

"교복 더러워지면 엄마한테 혼난다며."

물은 적이 없어도 도현은 배려를 보일 때마다 핑계를 댔다. 마치 자기 행동에는 반드시 이유가 있을 뿐, 절대 다른 마음이 있어서가 아니라는 걸 주장하는 듯했다. 나도 굳이 '왜 나에게 친절해?'라는 질문을 던지지 않았다. 우리는 같은 학교에 같은 학원까지 다니는, '친구'라고 쉽게 정의할 수 있는 관계였으니까.

하지만 난 예전과는 달랐다.

언젠가부터 마음에 물음표들이 떠올랐다. 새로 자른 앞머리가 괜찮냐던가, 옆 반의 여자애랑은 친하냐던가 하는 사소한 물음들을 입 밖으로 꺼내는 일이 힘들어졌다. 솔직한 것이 가장 나다운 것임을 알면서도 무언가를 감추는 일이 늘어났다. 도현이 엉뚱한 핑계로 배려를 숨기는 것처럼 나 역시 어떠한 감정을 목구멍 뒤편에 숨겼다. 그 감정은 생전 처음 느껴 보는 두려움과 함께 자라났다. 내 멋대로 표현했다가는 우리의 관계를 망칠지도 모른다는 두려움 말이다. 그건 무척이나 낯선 긴장감이었다.

챙겨 온 빨대를 도현에게 내밀었다. 받아 가는 과정에서 나의 손끝과 도현의 손끝이 살짝 닿았다. 차가운 바나나우유를 쥐고 있어서 그런지 작은 접촉에도 선명한 온기가 느껴졌다. 깜짝 놀라 빨대를 떨어트렸다.

어이가 없었다. 언제부터 내가 이딴 사소한 접촉에 화들짝 놀라는 쫄보가 됐던가. 나는 요즘 들어 도현과 함께 있으면 자꾸만 낯선 사람이 됐다.

"넌 이런 것도 흘리냐."

그나마 위안이 되는 건 나만큼이나 도현도 뻣뻣하게 군다는 것이다. 아무래도 우리는 단둘이 있을 때마다 좀 이상해지는 게 분명하다. 마음에 오류를 불러일으키는 버그가 침투한 게 틀림없다.

"원도현, 너 아까 얼굴 잘 익은 사과 같더라."

"쪽팔리니까 그런 말 하지 마."

"덩치는 크면서 매운 걸 못 먹다니."

도현이 나의 놀림에 어이가 없다는 듯 눈썹을 씰룩거렸다. 붓으로 그린 듯이 얇지만 선명한 눈꼬리에 귀여운 억울함이 맺혀 있었다. 윤기가 흐르는 머리칼이 늦여름과 초가을 사이의 노을로 물들었다. 그런데도 도현은 이상할 만큼 하얗게 빛났다. 저녁을 지나서 밤으로 달려가는 시간인데 나에겐 도현만 여전히 한낮이었다.

왠지 이런 식으로 쓸데없는 감상을 하게 되는 순간이면 은근히 자존심이 상했다. 얘도 방금 나를 보면서 같은 생각을 했을까? 아, 학원 오기 전에 여드름 패치라도 붙이고 올걸.

8시가 되면 스터디 카페로 가야 했다. 엄마와 한 약속이니 웬만하면 지켜야만 했다. 반면 도현은 집에 갈 예정이었다. 그러므로 우리가 공유할 수 있는 오늘은 이제 2시간뿐이었다. 나는 이 시간을 수요일 점심때쯤부터 줄곧 기다려 왔다. 어쩌면 화요일부터일지도 모른다. 아니다, 지난주 토요일 8시 1분부터 기다렸을지도.

특별한 일을 하기 위해서는 아니었다. 우리는 이 시간마다 정해진 주제 없이 수다를 떨었다. 도현은 골치 아픈 영어 지문을 생각하지 않았고, 나는 자신 없는 수학 공식을 말하지 않았다. 우리는 그런 것들에서 멀리 달아나 가장 쓸모없는 이야기만 나누었다. 그래서 이 시간이 제일 행복했다.

"너는 수능 끝나면 제일 먼저 뭘 하고 싶어?"

도현이 바나나우유 통을 만지작거리며 화제를 던졌다. 도현은 최근 들어 미래를 많이 생각했다.

"당연히 캠퍼스 커플이지. 일단 대학 합격한다는 전제하에."

"그럼 시도 자체를 못 할 수도 있겠네. 흐흐."

"뒤질래?"

"농담이야."

손바닥으로 도현의 팔뚝을 내려치는 시늉만 하고 멈추었다. 어딘가에서 본 적 있다. 이런 것도 은근한 스킨십이라서 잘못하면 오해를 부른다고. 어떠한 시그널을 전달하기에는 조심스러운 마음이었다.

도현이 빨대로 마지막 한 모금을 쪽 빨고선 말했다.

"나도 해 보고 싶어. 커플…… 뭐 그런 거."

그 말에 오묘한 기분이 들었다. 마음 같아서는 미주알고 주알 묻고 싶었지만 조급함을 숨기기 위해 꽤나 치렁치렁한 질문을 던지기로 했다.

"연애에는 관심 없어 보이더니 무슨 일 있어? 혹시 누가 소개라도 해 준대? 연락하는 사람이라도 있는 거야? 아니면 그냥 호기심?"

빙 둘러 가는 코스가 일직선으로 달려가는 코스보다 좋을 수는 없었다. 나는 말해 놓고도 아차 싶었다. 장황한 말에는 구멍이 많았다.

도현이 나를 바라보더니 흐릿하게 웃으며 말했다.

"뭘 그렇게 복잡하게 묻냐?"

"이해 못 했으면 말아."

"이해했어."

뭘 이해했다는 거지? 혹시 근래의 심경 변화를 떠보려는 내 의도를 알아차린 건 아니겠지? 그럴 리가. 내가 아는 도현이 그 정도로 눈치가 빠를 리 없었다.

공원에는 적당한 인파가 있었다. 우리 앞으로 산책이나 달리기를 하는 사람들이 여럿 지나갔다. 도현은 전경을 응시하며 말을 이어 갔다.

"그냥, 썸을 타는 게 정확히 뭔지 궁금해서."

그게 왜 궁금하냐고 물어볼까? 좋아하는 사람이 생겼냐고 물어볼까? 아니면…… 우리는 무슨 사이냐고 물어볼까? 나는 셋 중에 어떤 것이 최적의 질문인지 치열히 고민했다. 심장은 가장 마지막 질문을 선택하라 했으나 머리는 한사코 스트레이트 러너가 되지 말라고 했다.

혼자만의 전쟁을 하는 중에 도현이 덧붙여 물었다.

"넌 뭔지 알아?"

쪽팔린 말이지만 나는 아직 모태 솔로다. 부모님의 뜻에 따라 학업에 매진하느라 연애를 해 볼 일이 없었습니다…… 라고 말하는 건 무리였다. 그 정도로 공부에 전념한 학생은 아니었으니까.

하지만 난 썸에 대해선 자부심이 있을 만큼 잘 알고 있다. 실전 경력 없는 전문가라고나 할까.

"당연히 알지. 무려 일곱 살 때부터 목격했거든. 어린이집 옆 반에 원우라는 애가 있었는데 항상 등원하자마자 우리 반 지은이한테 매일 귤을 하나씩 챙겨 줬었어."

"귤을 왜?"

"지은이가 제일 좋아하는 게 귤이었거든."

"그럼 지은이는 어땠는데?"

"그 귤, 아무한테도 안 뺏기려고 받으면 늘 가방 안에 숨겨 두더라."

"쪼끄만 것들이!"

원우와 지은이는 하원 전에 늘 어린이집 운동장에서 모래성 쌓기를 했다. 너희 둘이 사귀느냐고 친구들이 짓궂게 물으면 서로 눈치만 보다 겨우 아니라고 대답했다. 그러면서도 둘은 서로의 모래성에 다른 친구를 초대하지 않았다.

둘만의 세계 속에는 다른 친구들과의 관계에는 존재하지 않던 뭔가가 있었다.

도현은 어린아이들이 퍽이나 발칙하다는 듯이 밉지 않게 코웃음을 쳤다.

"그것만으로는 썸을 정의할 수 없어. 난 좀 더 확실히 알고 싶어. 썸이란 감정이 무엇이고 어떤 사람들이 느끼는 건지."

"음……. 그건 간단하지 않은데."

"왜?"

서로 좋아하는 사이? 연애 전의 단계? 아니다. 그런 간단한 말로 정의되지 않는다. 내가 발견한 '썸'은 한 가지 틀 안에 가둘 수 없는 매우 복잡한 상호 작용이었다.

"돌고래와 사막 같은 관계라고 해야 하나."

"무슨 소리야 그게?"

나는 그 예로 태오와 연하의 얘기를 해 줄 필요가 있었다.

사막 위로 튀어 오르는 돌고래

1학기 중간고사가 끝난 직후, 5월은 봄과 여름 사이에서 줄타기를 하며 시작됐다. 예화고 2학년 1반 학생들의 마음은 어수선했다. 중간고사 성적을 보고 이 정도면 잘했다며 안심하는 학생이 있는가 하면, 이대로 가서는 인생이 망할지도 모른다며 자신을 몰아세우는 학생도 있었다. 점심시간에 영어 단어를 하나라도 더 외우기 위해 자리를 지키고 있는 무리와 1분이라도 더 밖에 나가 있으려는 무리가 공존했다.

이연하는 후자에 속했다. 아빠의 사업 때문에 이사가 잦았던 연하는 늘 어정쩡한 타이밍에 학교를 옮겼다. 이번에는 고등학교 1학년 11월이라는, 친구를 만들기 최악인 시기에 전학을 왔다. 그나마 친구라곤 하은이 전부였는데 하은에겐 친분이 두터운 무리가 있던 탓에 의지할 순 없었다. 다른 학생에게도 이미 1학년부터 유지해 온 무리가 있었고 연하는 그 속에 들어가는 걸 어려워했다.

다행히 연하는 혼자에 익숙했다. 점심을 먹고 나면 운동장으로 가서 가장자리의 화단을 따라 홀로 걸었다.

"오늘은 찾을 수 있을지도 모르겠다."

초록이 가득한 화단에서 연하는 고개를 숙인 채 무언가를 찾기 시작했다.

그때 주태오도 운동장에 있었다. 태오는 그깟 영어 단어 하나 외우는 일보다 공을 한 번 더 차는 게 중요했다. 밤을 꼬박 새워 시청한 해외 리그 선수들의 드리블을 마스터할 수만 있다면 당장 모의고사 등급을 올리는 일보다 훨씬 행복할 것 같았다. 마침 1반과 8반은 축구에 진심인 아이들이 많기로 소문난 반이었고, 그들은 점심시간마다 누가 뒤를 쫓아오기라도 하는 듯이 달렸다.

얼마 뒤에 예화고의 오랜 라이벌인 세화고 2학년들과 시합이 잡혀 있기에 더욱 투지를 불태웠다. 18세 소년들은 공 하나에 쉽게 자존심을 걸었다.

태오의 발이 유난히 가벼웠다. 화창한 한낮의 질주에는

말로 표현하지 못할 쾌감이 있었다. 새로 산 축구화 덕에 공이 발에 착착 감겼다. 태오는 허벅지를 힘껏 끌어당겨 공을 차올렸다.

그리고 실수를 직감했다.

"아오! 잘못 찼어."

"어어? 야, 공!"

"조심해!"

엉터리로 차 버린 축구공은 정확히 연하의 정수리 위로 떨어졌다. 운동장을 누비던 학생들이 일순간에 얼음처럼 굳었다. 차라리 자기들이 맞았다면 이 새끼 저 새끼 하며 웃고 넘겼겠으나 하필이면 그 누구와도 친하지 않은 연하가 맞아 버렸다. 1반 학생들이 태오의 등을 떠밀며 상황 수습을 강요했다.

태오는 미안해서 어쩔 줄을 몰랐다. 상대는 같은 반임에도 말 한마디 섞어 본 적 없는 여자애였다. 태오가 쭈뼛거리되 느리지 않은 걸음으로 연하에게 다가갔다.

"아으⋯⋯."

연하는 머리를 감싸고 주저앉아 있었다. 통증이 심하진 않았으나 놀란 게 컸다. 연하가 정신을 차리고 앞을 바라봤을 때 땀을 삐질삐질 흘리는 소년이 서 있었다. 178cm라는 작지 않은 키였기에 아무리 쭈뼛거려도 연하의 입장에선 귀여워 보이진 않았다.

연하가 축구공을 들고는 물었다.

"네가 찼어?"

"어……. 괘, 괜찮아?"

"일부러 맞힌 거야?"

"아니! 전혀! 방향 실수였어. 미안해. 양호실 같이 가 줄까?"

"그 정도까진 아냐. 좀 얼얼하긴 한데."

"아프면 바로 말해 줘……."

미안해 죽으려는 자와 이 상황이 어색한 자. 세 걸음 정도의 거리를 두고 둘은 상반된 얼굴을 보였다. 연하는 화가 난다고 해서 감정을 그대로 드러내는 타입이 아니었고, 태오는 잘못한 일을 회피하는 학생이 아니었다. 덕분에 다툼은 없었다. 일순간 늦봄의 바람이 기습적으로 불어닥쳤다. 그 바람은 연하의 단발머리에 스며 있던 샴푸 향과 태오의 상의 속에 갇혀 있던 살냄새를 교환시켰다.

"근데 왜 화단 근처에 혼자 있어?"

"점심시간마다 네잎클로버 찾거든."

연하가 손바닥에 쥐고 있던 풀 더미를 보여 주었다. 죄다 세잎클로버였다. 태오의 친구들 중에는 그 누구도 점심시간에 화단 구경을 하지 않았다. 연하의 행동이 매우 낯설고 이상했다. 연하는 한 번만 봐줄 테니 앞으로는 조심하라 주의를 준 뒤 쌩 돌아가 버렸다. 태오는 미안하단 말을 몇 번 더 반복한 후에야 축구공을 줍고 자리로 돌아갔다.

'이연하 샴푸 향 되게 좋다. 잘 어울려.'

'주태오 땀 냄새에 바디로션 냄새가 섞여 있어.'

찰나의 순간임에도 둘은 서로에 관한 정보를 추가했다. 바람이 가져다준 향기는 마음에 갑자기 던져진 조약돌처럼 뜻하지 않은 파동을 만들었다.

*

연하의 자리는 창가 쪽 중간이었고, 태오의 자리는 복도 쪽 맨 뒤였다. 시야에 창가가 보이지 않는데도 태오는 자신도 모르게 연하를 찾았다. 별 의미는 없었다. 그날 양호실에 가지 않아도 괜찮았을까, 혹시 화가 나 있는 건 아닐

까, 신경 쓰였다. 매우 사소한 걱정일 뿐이었으나 잊을 만
하면 불현듯 떠올랐다.

지금이라도 가서 괜찮냐고 한 번 더 물어볼까 싶었지만
용기가 나지 않았다. 덕분에 무려 며칠 동안 같은 생각만
했다.

태오는 여자에게 쉽게 다가가는 남자가 아니었다. 한눈
을 팔면 메시지가 300여 개씩 쌓였으나 죄다 남자아이들
의 메시지였고 친구들이 재미 삼아 경험한다는 소개팅도
해 본 적이 없었다. 여자들을 대하는 일은 남자들을 대하
는 일보다 훨씬 어려웠다. 친구들 중에는 능구렁이 같은
재능을 타고난 녀석들이 있었으나 태오에겐 그저 남 일이
었다.

밸런타인데이마다 태오도 익명의 초콜릿 한두 개쯤은
매번 받았지만, 그게 누가 준 것인지 고민하는 일보다 골
대에 공을 한 번 더 넣는 게 좋았다.

그러니까 이상했다. 연하라는 여자애를 신경 쓰기 시작
했다는 것이.

6교시가 끝난 직후, 군것질을 좋아하는 형석이 등을 두
드렸다.

"주태오, 매점 가자."

"귀찮아. 내 것까지 사 줘."

"뭐래. 빨리 일어나."

"아 진짜, 돼지 새끼."

태오는 못 이기는 척 의자에서 엉덩이를 뗐다. 바로 옆이 뒷문이었는데 굳이 연하의 방향으로 몸을 틀며 일어났다. 연하는 쉬는 시간에도 늘 혼자였다. 간간이 다른 학생과 대화하긴 했지만, 확실히 서먹해 보였다. 친화력이 좋기로 소문난 반장도 연하는 어려워했다.

심지어 반장의 이름이 '고연아'라서 비슷한 이름을 구실로 말 한마디 더 붙여 볼 수 있음에도 친해지지 못했다. 깔끔한 외모 덕분에 3월만 해도 연하에게 말을 거는 아이들이 많았으나 정을 붙이지 못했다. 외톨이라기엔 스스로가 원하는 듯했고, 지독한 개인주의자라기엔 어딘가 외로워 보였다. 그래서 연하가 더욱 궁금했다. 연하의 책상 위에 올려진 초코우유가 어디 제품인지 단번에 알아채 버릴 만큼.

타인을 신경 쓰기 시작한 순간, 운명은 작정이라도 한 듯이 둘의 교차점을 만들었다. 둘은 집 방향이 같았다. 여태껏 몰랐던 이유는 태오만 야자를 했기 때문이다. 하지만 중간고사 성적이 형편없자 태오는 엄마의 등쌀에 이기지 못하고 과외를 받게 되어 야자를 생략했다.

태오는 연하에게 말을 걸지 말지 며칠을 고민했다. 그러다 하굣길에 먼발치서 먼저 가고 있는 연하를 발견하고 미친 듯이 달려갔다. 축구로 단련된 발놀림 덕에 단숨에 따라잡았다.

"이연하!"

외침을 들은 연하가 헐떡이는 태오를 발견하고 멈춰 섰다.

사실 연하는 둘의 집이 같은 방향이란 걸 태오보다 더 일찍 알고 있었다. 남자아이들이 아파트 이름을 떠들어 대는 걸 들었던 적이 있었다. 그러나 연하는 타인에게 호기심이 생겨도 쉽게 표현하지 않았다. 반복된 전학 때문에 얻게 된 일종의 자기방어였다.

"너도 집이 이쪽이야?"

연하는 쌍꺼풀 없는 까만 눈을 동그랗게 뜨며 천연덕스럽게 물었다.

"응. 혼자 가면 심심하니까 같이 가자."

"그거 말하려고 뛰어온 거야?"

"아, 그건 아니고."

"그러면?"

태오가 가방을 열어 부스럭거리더니 초코우유를 꺼냈다. 연하가 좋아하는 제품이었다.

"지난번에 미안해서."

"이거 주려고 온 거야?"

"계속 신경이 쓰였거든."

연하는 티를 내지 않으려 했지만 입꼬리가 올라가는 걸 숨기지 못했다. 1,500원짜리 우유를 공짜로 받아서가 아니었다. 이걸 전해 주겠다고 숨이 차게 달려온 소년과, 신경이 쓰인다는 말. 처음으로 제법 괜찮은 친구가 생긴 것 같은 기분이 들었다. 고맙다고 말하려 했으나 쉽지는 않았다. 건조하게 뱉어도 되는 말임에도 낯간지러웠다.

태오는 땀이 나는지 앞머리를 뒤로 쓸어 넘겼다. 햇볕에 그을렸으나 건강한 광이 넘치는 이마 표면이 보였다. 연하는 자신도 모르게 손을 뻗어 태오의 앞머리가 내려오지 못하게끔 잡았다.

고맙다는 말 대신에 다른 것을 선택하기로 했다.

"너, 앞머리 넘기니까 훨씬 낫다."

태오가 얼굴을 뒤로 빼며 당황했다. 고작 손끝 하나 이마에 닿았을 뿐인데 귓바퀴가 화끈하게 달아오르는 감각을 느꼈다.

"주태오, 뭘 그렇게 놀라? 푸하!"

연하는 상대의 어색한 몸짓을 핑계로 크게 웃었다. 혼자 걷던 하굣길이 둘이 됐다는 사실은 연하를 별거 아닌 일에도 웃게 했다. 연하는 태오의 행동이 우습다고 말했지만 그보다도 기분이 좋은 게 더 컸다. 이제 막 가까워진 남녀 사이에 적당한 긴장감과 들뜬 마음이 동시에 자리 잡았다. 카랑카랑한 웃음소리가 태오의 귀에 박혔다.

'웃는 거 귀여워.'

태오의 마음에 별안간 돌고래 한 마리가 들이닥쳤다. 그 돌고래는 하이 톤으로 끽끽거리며 커다란 물보라를 몰고 왔다. 뭐가 그리 즐거운지 솟구친 뺨을 숨기지 못하는 모습에 태오도 덩달아 즐거웠다. 태오는 처음 본 파도에 휩쓸려 함께 웃었다. 돌고래가 제멋대로 힘껏 튀어 오르며 마음의 모서리를 적셨다. 푸르른 물보라가 넓게 퍼져 갔다. 아무리 정신을 차리려 해 봐도 소용없었다. 정수리가 매끈매끈한 돌고래가 헤엄을 치는 중이었다. 태오는 연하에게서 눈을 떼지 못했다.

남색으로 물들어 가는 하늘 아래, 온 사방이 바다였다.

그날 이후 태오는 매일 이마가 보이는 쉼표 머리만 했다. 기상 시간이 20분 일찍 당겨졌음에도 절대 스타일링을 빼먹지 않았다.

둘은 함께하는 시간이 부쩍 길어졌다. 하굣길 분식집에 들러 떡볶이를 나누어 먹었고, 수학 문제집을 산다는 이유로 서점에 가기도 했다. 각자 집에 도착한 후에는 매일 웃긴 사진을 교환하며 메시지를 나눴다. 밤이면 태오는 산책하러 나가면서 연하에게 전화를 걸었고, 연하는 방문을 잠그고 이불을 뒤집어쓴 채로 밀담을 즐겼다. 그들은 처음으로 하루가 24시간뿐인 게 아쉽다고 생각했다.

연하는 태오와 친해진 후로 오랜만에 아빠 명식에게 투정을 부렸다.

"나 용돈 3만 원만 더 주면 안 돼?"

"어디에다 쓰게?"

"문제집…… 사게."

"문제집? 2주 전에도 샀잖아."

"다른 것도 사야 해서……."

"그럼 3만 원으로 되겠어? 더 줄 테니까 노트도 사."

명식은 요즘 들어 연하의 귀가 시간이 늦어진다는 걸 눈치챘다.

그는 딸에게 부채감이 있었다. 이혼 후 사업 때문에 이사가 잦았던 탓에 딸에겐 친구가 적었다. 초등학생 때는 전학이 끔찍이도 싫다며 떼를 쓰고 울었다. 엄마라도 있었다면 지방까지 데리고 다닐 필요가 없었을 텐데 재혼은 쉽지 않았다. 그는 딸의 서러움을 알면서도 상황을 바꾸지 못해 늘 미안했다. 시간이 흘러가며 불평조차 안 하는 딸을 볼 때마다 죄책감을 느꼈다.

마음을 숨기며 사는 딸은 늘 아픈 손가락이었다. 자녀를 나이에 비해 일찍 철들게 만드는 건 부모로서 결코 기쁜 일이 아니었다. 그런 딸에게 친구가 생긴 것 같았다. 어쩌면 남자아이일 수도 있겠다고 추측했다. 매번 방문을 잠그고 나누는 대화가 무척이나 사랑스럽게 들렸기 때문이다.

고2, 18세. 하나밖에 없는 외동딸이 이왕이면 공부를 잘하길 바랐지만, 10대에 누릴 수 있는 것도 충분히 누리며 살길 바랐다. 상대가 어떤 녀석일지 궁금해 미칠 지경이었으나 딸의 기쁨을 한 발짝 뒤에서 지켜보기로 했다. 연하를 믿어 보기로 결심한 거다.

그 믿음은 용도가 불분명한 3만 원을 추궁하지 않음으로써 충분히 보여 줄 수 있는 마음이었다.

"혹시라도 학교 다니다가 힘든 일이 있으면 꼭 아빠한테 말해. 알겠지?"

"응. 그냥 정말 돈이 필요한 것뿐이야."

"줄 수 있으니 다행이네."

"아빠 고마워."

"연하야. 사실은 아빠가 할 말이 있는데, 지금 아빠 일이……."

"뭔데?"

"…… 아니다."

그저 이렇게 돈 투정이라도 해 주니 고마울 뿐이었다.

덕분에 연하는 하루하루가 즐거웠다. 태오가 과외받는 동안 메시지를 하지 못했기에 연하도 함께 공부했다. 같은 시간에, 같은 행위를 하고 있다고 생각하면 신기하게도 공부가 지겹지 않았다. 태오를 만나기 전에는 타이머를 켜고 해 봤자 순공 시간이 1시간도 채 되지 않는데 이제는 태오의 과외 시간에 맞춰 2시간은 꼬박꼬박 채웠다.

　공부한다고 용돈을 받는 것도, 아빠가 두 팔 벌려 칭찬
해 주는 것도 아닌데 행복했다. 연하는 분홍빛 동기를 발
판 삼아 하루하루 보람찬 성취를 쌓아 갔다. 대가를 바라
지 않는 만족이었다.

　하지만 태오의 사정은 조금 달랐다.

　"엄마! 나 3만 원만 쏴 주면 안 돼?"

　"책 사게? 카드 줬잖아."

　"아, 문제집 사느라 다 썼지."

　"너 똑바로 말해. 뭘 하려고 그래?"

　"아니 책……."

　"과외 시간도 자꾸 바꾸고 수상해."

　"아 뭐가! 공부하려고 그러잖아."

　태오의 엄마 은숙은 부쩍 과외 시간을 옮기거나 빼먹기
까지 하는 아들이 못마땅했다. 남편을 닮아 머리가 충분히
똑똑한 막내기에 '고2'라는 귀중한 순간을 허투루 보내게
할 수는 없었다. 아들이 웬만하면 좋은 길만을 걷길 바랐
다. 달에 120만 원씩 써 가면서 과외를 받게 하는 건 돈이
남아돌아서가 아니었다.

"엄마 눈 봐 봐, 이상한 친구들이랑 어울리는 거 아니지?"

"아니거든? 아오, 됐어. 안 받고 말지."

"요새 집에 올 때 형석이랑 같이 안 온다면서? 누구랑 다니는 거야?"

"있어."

"누구!"

"연하라고 있어. 그냥 친구야."

"걔랑 친해?"

"몰라."

은숙의 표정이 갑자기 온화하게 바뀌었다. 은숙은 일전에 학부모 모임에서 2학년 1반 아이들의 정보를 전달받은 적이 있었다. 그 이름과 맞는 아이는 공부를 꽤 하는 편이었다. 아들에게 도움이 되는 우등생이었다. 건전한 교우 관계라면 굳이 방해할 이유가 없었다. 더군다나 그 여자아이라면.

"알았어. 줄 테니까 아껴 써."

"웬일?"

"언제 한번 데려와."

태오는 휴대폰으로 통장 잔고를 확인하고는 촐랑거리며 가방을 멨다. 바쁘다고 거절하던 은숙표 모닝 토스트도 집어 갔다. 히죽거리며 은숙을 껴안고는 고맙단 말을 남겼다. 은숙은 용돈을 줄 때만 착한 아들이 되는 태오가 얄미웠지만 덩달아 웃음이 번지는 걸 막을 순 없었다.

태오는 점심시간에 축구까지 빠졌다. 연하와 같이 뒤뜰 화단을 따라 걸으며 네잎클로버를 찾았다. 둘은 자꾸만 서로를 원했다. 연하는 태오와 함께 있으면 즐거웠고, 태오도 연하랑 있는 순간이 행복했다. 동반되는 설렘은 나날이 커져만 갔고 아슬아슬한 긴장감 역시 주체가 어려울 정도로 넘치고 있었다.

형석은 요즘 들어 소원해진 태오가 불만이었다.

"주태오! 과외 빼고 PC방 가자. 롤 신챔 떴대."

"오늘은 안 돼. 약속 있어."

"또 이연하랑?"

"뭐가 또야. 그냥 집 가는 길에 밥이나 먹는 거지."

"너 걔랑 썸 타냐?"

그 순간 태오는 입이 꾹 다물어졌다. 화가 나서는 아니었다. 연하와의 관계가 썸인지 한 번도 진지하게 생각해 본 적이 없었다.

'설마 이게 썸? 잘생긴 애들이나 탄다는 그거? 반에서 좀 논다는 애들이나 한다는 그거?'

마음의 바다를 뛰놀던 돌고래는 태오를 향해 자주 웃어 줬다. 태오는 돌고래에게 더 가까이 다가가고 싶었다. 물보라에 온몸이 흠뻑 적셔져도 좋으니 매끈매끈한 정수리를 쓰다듬어 줄 수만 있다면! 돌고래의 웃음소리를 들을 때마다 몸속에 팝핑 캔디가 터지는 듯이 즐거웠다. 하지만 너도 같은 마음일까? 네 마음에도 내가 뛰놀고 있을까?

친구에게 썸이라는 말을 듣고 나서야 연하와의 관계를 의식하기 시작했다.

"몰라. PC방은 안 가."

"그럼 형들이랑 풋살 뛰러 갈래?"

"피곤해."

"미친놈아, 솔직히 말해. 이연하랑 썸 타는 거 맞지?"

"아니거든."

당장은 부정해야만 했다. 관계는 쌍방이기에 혼자서는 무엇도 정의할 수 없었다. 또한 연애 감정을 느껴 본 적이 한 번도 없던 태오가 자기 마음을 확인하는 건 쉽지 않은 일이었다.

"그럼 내가 걔랑 잘해 봐도 되냐?"

형석이 이죽거리며 도발했다. 형석은 여자와 사귀어 본
적이 있었다. 태오보다 키가 5cm는 더 크고, 어깨도 넓었
다. 불공평하게 피부까지 하얬다. 마음만 먹으면 능숙하게
연하와 가까워질지도 모르는 남자였다. 태오는 속에서 욱
하고 치고 올라오는 불꽃을 느꼈다.

참지 못하고 형석의 오른쪽 어깨를 팍 밀쳤다.

"개소리하지 마."

"이거 봐라! 이열, 주태오!"

형석은 놀랐지만 헤실헤실 웃으며 분위기를 풀었다. 친
한 친구를 뺏긴 게 아쉽긴 해도 태오가 처음으로 여자와
우정이 아닌 감정을 나누는 게 내심 대견하기도 했다.

'맨날 공만 차더니 너도 남자구나?'

형석은 잠깐만 친구를 양보하기로 했다.

*

한 달이 지났다. 연하는 욕심이 생겼다. 학교 밖에서 태

오를 만나 보고 싶었다. 사복 차림의 자신을 보여 주고 싶었다. 태오의 모습도 궁금했다. 하지만 섣불리 말하기는 두려웠다. 혼자서만 이런 감정을 느끼는 거라면? 친구가 없는 게 불쌍해서 태오가 놀아 주고 있는 거라면?

홀로 지내는 시간이 많았기에 충분히 독립적인 편이라 생각했다. 매사에 야무진 편이고, 스스로 뭐든지 잘 해낸다고 믿었다. 그러나 이상하게 태오 앞에서만큼은 생각대로 말이 나오지 않았다.

연하는 자신답지 않게 빙 둘러 운을 뗐다.

"새로 개봉한 영화 재미있다더라."

하고 싶었던 말은 주말에 같이 보러 가자였다.

"아직 안 봐서 모르겠네. 넌 봤어?"

"나도 안 봤어. 궁금한데."

"그래?"

눈치 싸움이 시작됐다. 둘은 바보가 아니었다. 서로를 바라보는 눈빛과 대화의 뉘앙스로 미루어 보아 지르기만 하면 되는 일이었다. 그날따라 하굣길엔 사람이 없었다. 꼭 이 순간을 멋지게 마무리해 보라며 신이 장난을 치는 듯했다. 둘은 서로를 위한 파트너가 돼 줄 수 있었다. 손바닥이 살짝 오므려질 정도의 긴장이 느껴졌다.

떡볶이를 먹거나 책을 사러 가는 건 하굣길 친구를 핑계 삼아 제안할 수 있는 일이었지만 주말에 영화를 보러 가자는 건 달랐다. 아무리 연애 경험이 없더라도 그 차이 정도는 구분했다. 첫 데이트 신청이 둘의 입 안에서 뱅뱅 돌았다.

용기가 필요했다.

"같이 보러 갈래?"

먼저 지른 쪽은 연하였다. 연하는 참고 참았지만 이번만큼은 먼저 태오에게 손을 내밀기로 했다. 그 말은 들은 태오는 가장 바보 같은 얼굴로 함성을 지르듯이 대답해 버렸다.

"좋아!"

'내가 고작 영화 보러 가자는 말을 듣고 몇 초 만에 헤벌쭉해질 정도로 바보였나?'

돌고래는 태오를 삽시간에 무장 해제시켰다. 한 번도 덜 떨어진 소년으로 살았던 적이 없었는데 연하 앞에선 달랐다. 연하는 다시 태오를 놀리며 크게 웃었고 태오 역시 뒤통수를 긁적이며 쑥스럽게 웃었다.

관계가 한 걸음 앞으로 나아가는 하굣길은 평상시보다 훨씬 더 짧게 느껴졌다. 서로를 당겨 올 때마다 둘은 새로운 모습의 자기 자신을 발견했다.

*

이날을 얼마나 기다렸던가. 태오는 형이 아끼는 옥스퍼드 셔츠를 몰래 입었다. 패션에 관심이 많은 형이 산 비싼 브랜드 옷인데, 들키면 등짝을 얻어맞을지도 몰랐다. 하지만 오늘만큼은 최대 세 대 정도는 맞아도 견딜 수 있었다.

연하 역시 최대한 예쁜 옷으로 골라 입기 위해 몇 번이고 거울 앞에서 고민했다. 요즘 유행이라는 A라인 베이지 스커트를 구매해 뒀으나 너무 짧진 않은지 입었다 벗기를 반복했다.

'너무 꾸민 티를 내긴 싫은데…….'

평소 외모에 신경을 많이 쓰는 편은 아니었다. 그래도 오늘만큼은 상대에게 특별한 인상을 주길 바랐다. 연하는 고민 끝에 베이지 스커트를 입었고 아껴 둔 가죽 부츠도 꺼내 신었다.

둘은 극장에서 만나 예매표를 발권하고 커플 콤보 세트를 주문했다. 괜히 '커플'이라는 단어에 기분이 야릇해졌지만 각자 티를 내지 않으려 노력했다.

입장을 기다리는 동안 연하가 휴대폰 카메라를 켜고 말했다.

"티켓 인증 샷 찍어도 돼?"

"인스타용?"

"응. 너 태그해도 돼?"

"당연하지."

티켓에 버젓이 찍혀 있는 '2인'이라는 글자, 숨김없이 자신을 태그하겠다는 말. 태오는 자꾸만 히죽히죽 웃음이 나왔다. 포커페이스를 유지하기에 오늘의 연하는 너무나 예뻤다.

둘은 상영관으로 입장해 자리를 찾아 앉았다. 마주 보고 대화할 때보다 나란히 앉으니 긴장감이 증폭됐다. 너무나 가까이에 서로가 있었다.

'영화 소리가 이렇게 큰데 귀에 전혀 들어오지 않다니. 팝콘이나 콜라를 먹고 싶단 생각이 전혀 들지 않는 것도 이상해.'

태오의 심장이 뛰었다. 8반과의 축구 시합에서 3:2로 접전을 벌이고 있던 때보다 아드레날린이 더 뿜어져 나왔다. 최대한 몸을 등받이에 기대서 옆에 앉은 연하를 힐끔거렸다. 스크린에서 나오는 빛에만 의존해야 하는 공간임에도 옆모습에서 눈을 떼기가 어려웠다.

그보다 더 정신을 어지럽게 만드는 건 팔걸이에 올려진 연하의 손이었다.

'잡아도 되나?'

누군가 연하의 손과 자신의 눈에 N극과 S극을 달아 놓은 듯했다. 액션 영화를 보면서도 머릿속으로는 옆에 앉은 여자만 생각하고 있다는 점에서 태오는 스스로가 파렴치하게 느껴질 정도였다.

사실 오늘이 오기 전까지 이런 순간을 몇 번이고 상상했다. 태오는 이미 머릿속에서 연하와 로맨스 드라마를 시즌 6까지 찍었다. 처음엔 그냥 친구일 뿐이라 생각했으나 어느 순간부터 연하는 친구가 아니었다. 태오의 세상에서 가장 가슴 뛰는 일들을 함께하고 싶은 대상이 됐다. 비문학 지문을 읽는 순간보다 더 안간힘을 써 영화에 집중하려 했다. 쉽지 않았다.

한편 연하 역시 영화가 눈에 들어오지 않았다. 팔걸이에 손을 올려 둔 건 고의가 아니었다. 그러나 시선을 느낀 순간 그 손을 치우기가 어려워졌다. 지금 치워 버리면 상대에게 '손잡지 마.'라는 시그널을 주는 것 같으니 피해야 했다. 그렇다고 계속 올려 두자니 '잡아 봐.'라는 시그널을 주는 것 같기도 해 쑥스러웠다. 침 한 번 삼키는 것조차 신경이 쓰였다.

하필이면 점심을 굶고 온 탓에 배 속이 텅 비어 있었다. 금방이라도 꼬르륵 소리가 날 것만 같았다.

'제발! 집에 가서 실컷 먹어 줄 테니까 지금은 가만있어.'

팝콘을 집어 먹으며 위장에게 부탁했다. 소리가 나지 않을 만큼 풍족히 먹을 수는 없었다. 혹시라도 배가 부르면 옷태가 망가질까 봐 걱정이 됐으니.

둘의 마음을 알 리 없는 영화는 시끄러운 구간과 조용한 구간을 반복했다. 러닝 타임 30분쯤까지 연하와 태오는 서로가 신경 쓰였지만 다행히 시간이 지나자 영화에 푹 빠져들었다.

그 결과 즐겁게 감상을 마칠 수 있었다.

"완전 재미있더라!"

"올해 본 영화 중에 제일 괜찮았던 거 같아."

"근데 연하 너, 배 많이 고프지?"

"어떻게 알아? 혹시 소리 들렸어?"

"음…… 아니!"

"다행이다."

둘은 밥을 먹기 위해 인근의 피자집으로 향했다. 나란히 걷는 한낮의 거리가 평상시보다 몇 배는 더 환하게 느껴졌다. 길거리의 온도, 바람의 결, 소음의 질감, 모든 것에 온몸이 반응했다. 친구와 걸을 때는 느끼지 못한 예민함이었다.

태오는 연하와 함께 있을 때면 축구 이야기를 하지 않았다. 연하 또한 태오와 함께 있을 때면 혼자서 뭔가를 하려 하지 않았다. 같이 메뉴를 정하고, 같이 다음 장소를 의논했다. 고개를 돌려 눈이 마주치면 미소가 나왔다. 함께 있다는 것만으로도 도파민이 뿜어져 나왔다.

아인슈타인의 상대성 이론이 맞았다. 둘의 시간은 평소보다 곱절은 더 빠르게 흘러갔다. 행복과 아쉬움은 멋진 짝꿍이었다.

9시가 돼서야 집 근처에 도착했다. 태오의 휴대폰에는

이미 노발대발 중인 형과 엄마의 메시지가 가득했다.

연하가 괜히 서운한 목소리로 말했다.

"6월 모의고사가 코앞인데 오늘 놀아서 큰일 났네. 넌 집 가면 바로 과외 숙제할 거야?"

"씻고 쉬다가 하려고. 너는?"

"난 유튜브 좀 보고 공부하려고. 괜찮은 플리 찾았는데 공유해 줄까?"

"어떤 건데?"

후덥지근한 밤이었다. 휴대폰 화면을 보기 위해 좁혀진 거리 때문에 서로의 팔이 닿았다. 그 살결 너머로 상대방의 체온이 넘어왔다. 밤공기 특유의 향은 찰나의 낭만을 각인시키기에 충분했다.

태오의 심장이 빠르게 뛰었다.

시키지도 않았는데 머릿속이 멋대로 그려서는 안 되는 이미지를 보여 줬다. 연하의 손, 콧대, 입술, 목선, 머리칼, 모든 요소가 바로 옆에 있었다. 아니, 이미 닿아 있었다. 태오는 연하에게 더 다가가고 싶었다.

'혼자 오버하지 말자, 주태오!'

마음이 가는 대로 섣부르게 움직였다간 모든 걸 망쳐 버릴 거다. 이런 음흉한 마음을 연하가 알아차린다면 자신을 변태 취급할지도 몰랐다. 연하에 대한 마음이 깊어지면 깊어질수록 자꾸만 나쁜 욕망이 피어오르는 게 싫었다.

'생각하지 마, 이 미친놈아!'

태어나서 처음으로 곁에 있는 여자를 만지고 싶다는 충동을 느껴 봤기에 태오는 적잖이 당황스러웠다. 당장이라도 손을 잡아 보고 싶은 마음이 굴뚝같았다. 최선을 다해서 충동을 억눌렀다.

하지만 표현 정도는 해 보고 싶었다. 언제부턴가 네가 좀 다르게 느껴지기 시작했다고. 친구가 아닌, 절대 누구도 대체할 수 없는 존재로 말이다.

태오는 고민 끝에 승부수를 띄워 보기로 했다.

"곧 세화고랑 축구 시합 있는데 혹시 응원 와 줄 수 있어?"

"나 응원할 줄 모르는데 괜찮아?"

"그냥 지켜보기만 하면 돼. 시합 끝나고…… 하고 싶은 말도 있고."

연하는 단박에 알아차렸다. 이건 관심 없는 축구 시합 따위를 보러 오라는 제안이 아니었다. 태오는 뭔가를 준비하고 있었다. 연하는 드디어 확신을 갖게 된 순간이 무척 기뻤다.

"좋아. 갈게!"

그때였다.

"아들! 어디 갔다가 이제 와?"

맞은편 마트에 들렀다 오는 길이었던 은숙과 마주쳤다. 태오와 연하는 깜짝 놀라 한 걸음씩 서로에게서 멀어졌다. 죄를 지은 것도 아닌데 범죄 현장을 들킨 듯이 어쩔 줄을 몰랐다.

은숙이 연하를 쳐다보고선 고개를 갸웃거렸다.

"누구야?"

"연하랑 놀다 온다고 했잖아."

"그러니까 이 친구는 누구냐고?"

"뭔 소리야?"

"연아라며?"

은숙의 데이터가 '불일치' 시그널을 띄웠다. 아들이 요즘 친하게 지낸다는 여자가 1반의 반장인 '고연아'인 줄 알았다. 반에서 1등을 하는 수재에다 고급 아파트에 사는 학생이었다. 그런데 지금 앞에 있는 애는 누구일까?

광속으로 여학생의 머리부터 발끝까지를 스캔했다. 숨기려 해도 기분 나쁜 표정을 하고야 말았다. 아무리 요즘 애들이 옷을 잘 입는다지만 치마가 본인의 기준에서 심히 짧았다. 거기에 가죽 부츠까지, 공부를 열심히 하는 아이로는 보이지 않았다.

40대 중반, 은숙도 충분히 젊었다. 은숙은 한 번도 자신을 꼰대라 생각한 적이 없었다. 그런데도 아들의 곁에 선 낯선 여자애를 편견 어린 시선으로 훑었다.

"연아 아니고 연하, 이 연 하."

"아주머니, 안녕하세요. 전 이제 집으로 돌아가려던 참이었어요."

은숙은 속이 상했다. 요즘 들어 태오가 과외 시간을 바꾸는 이유가 애 때문이라니, 함께 하교한다던 아이가 반 1등이 아니라니. 늘 아들이 안전하고 좋은 친구만 사귀기를 바랐다. 괜찮은 여학생이라면 이성 교제를 한다고 해서 눈에 불을 켜고 반대하진 않을 거라 너그러이 다짐했다. 그러나 두 눈으로 그 광경을 목격하니 속이 탔다. 연하에 대해서는 입고 있는 옷 말고는 아무런 정보가 없음에도 말이다.

은숙은 어른이 보여 줄 수 있는 기품을 잃지 않기 위해 최대한 표정을 감추고 웃어 보았다.

"아줌마가 이름을 잘못 들어서 착각했네. 너는 어디에 사니?"

"바로 옆 은호아파트요."

"가까우니 여기서부터는 혼자 가도 되겠구나."

"네. 저는 가 볼게요."

"조심히 가거라."

은숙의 속이 부글부글 끓었다. 은호아파트 시세는 본인의 집보다 훨씬 낮았고 껄렁껄렁해 보이는 아이들도 많은 단지였다.

'난 속물이 아니다, 나쁜 엄마가 아니다, 아니다……'

한편 연하는 땅만 보고 걸어갔다. 고개를 들 수가 없었다. 위아래로 훑어보던 은숙의 시선 속에 어떠한 감정이 섞여 있었는지를 단박에 알았기 때문이다.

18세 고등학생은 어른이 생각하는 것보다 훨씬 더 섬세했다. 은숙은 아들 옆에 선 여학생을 배려할 수 있을 정도로 성숙한 어른이 아니었다.

언제나 미성숙한 어른들은 소녀들을 일찍 철들게 했다.

*

    은숙은 그 후로 아들의 하교 시간에 맞춰 일부러 나가 보았다. 어김없이 둘은 함께 오다 은숙의 눈총을 받았고, 화들짝 놀라고선 급속도로 어색해졌다.

    은숙은 마음 한구석에 고춧가루가 묻은 듯 불편했다. 왜 일까? 이유야 몇 개든 댈 수 있었다. 연하의 사복도 마음에 들지 않았지만, 교복 차림도 범생이 같지는 않았다. 요즘 10대 중에 화장품 하나 바르지 않는 학생이 어디 있겠느냐마는 은숙은 그 사실을 인정하기 싫었다. 학교에선 여느 여학생과 다를 바 없는 연하는 은숙의 눈 속에서 아들을 위협하는 되바라진 여자로 둔갑됐다.

    '요즘 것들 발랑 까져서 사고도 많이 친다던데?'

    'TV 보니 임신해서 자퇴하는 애들이 많다지?'

    '내가 우리 아들을 어떻게 키웠는데!'

    태오 옆에 서 있길 바랐던 반장 고연아 역시도 등교 전에 고데기를 하고, 선크림 겸용 파운데이션 정도는 바른다는 걸 은숙만 몰랐다. 덕분에 밥상에서 화를 내는 일이 잦아졌다.

"왜 자꾸 그 애랑 같이 다니는 거야? 공부 안 하고 너무 노는 거 아니야? 설마 둘이 연애질이라도 하는 거야?"

"아, 그런 거 아니라고!"

"엄마가 걱정이 돼서 그래. 아들은 순진해서 모르겠지만 친구를 잘 사귀어야 인생이 안 꼬여. 그런 애들이랑 친하게 지내면 안 돼."

태오는 엄마가 연하를 깎아내리는 게 못내 불쾌했다. 연하가 엄마의 말처럼 어딘가 까져 버린, 반에서 침 좀 뱉는 학생이었다면 공만 차던 자신이 여태껏 좋아했겠는가. 태오는 본인의 마음을 알아주지도, 믿어 주지도 않으려는 엄마가 야속했다.

"그런 애들이 뭔데? 엄마가 나 대신 학교라도 다녀? 뭘 안다고 그래?"

"너 엄마한테 말대꾸가 그게 뭐야!"

"아 몰라! 됐어."

"넌 아직 모르겠지만 그 여자애 말이야……."

은숙은 아들의 반항이 익숙하지 않았다. 자신에게 눈을 부라리고 힘준 목소리를 뱉는 남자의 모습은 언제 보아도 싫었다. 묵묵히 밥알만 씹고 있는 남편도 밉상이었다. 한

소리 보태 주면 좋겠는데 그는 자초지종을 설명해도 '뭐 어때.'라며 속 편한 소리만 했다.

웬만하면 넘어가 줄 법했다. 백번 양보해서, 이연하든 고 연아든 간에 아들 교우 관계에까지 치맛자락을 휘두르는 엄마가 되고 싶지는 않았다. 하지만 그럴 수 없는 지점이 있었다. 연락하고 지내는 학부모에게 '이연하'란 여자애가 누구인지 열심히 수소문한 끝에 정보를 하나 얻어 냈기 때문이다.

"…… 한 부모 가정이라더라."

타인의 삶을 이해하기에 은숙은 때가 너무 탄 부모였다.

태오는 참지 못하고 자리를 박차고 일어났다. 어찌나 세 게 일어나던지 국그릇이 흔들릴 정도였다. 의자 다리가 바 닥에 쓸리는 둔탁한 소음이 분위기를 살벌하게 만들었다.

"엄마 진짜 최악이네."

태오는 은숙을 노려보며 말을 씹어 뱉었다. 그러곤 외투 를 챙겨 입고 나가 버렸다. 이런 행패를 부렸다간 불호령 이 떨어질 걸 알고 있지만 분노를 제어하지 못했다. 차라 리 자길 향해서 공부도 안 하고 축구에 미쳐 있는 나쁜 아 들이라 비난하는 게 더 듣기 편했다.

'그런 애'를 누구보다 열렬히 좋아하는 게 본인이란 걸 왜 몰라주는 걸까? '그런 애'와 어울리는 게 그녀의 아들이란 사실은 어째서 외면하는 걸까?

 태오는 공원 벤치에 앉아 연하에게 전화를 걸었다. 얼마 전 재미있게 봤다던 유튜브 얘기를 1시간이고 나눠도 괜찮았다. 괜히 욕을 먹게 만든 게 미안해서 견딜 수가 없었다. 연하가 집에서 평온한 밤을 보내고 있다는 것만 확인하면 안심이 될 것 같았다.

 저녁밥을 먹는 중인지 연하는 전화를 받지 않았다.

 생각해 보면 요즘 들어 연하는 하교 후에 연락을 자주 하지 않았다.

 *

 등교하자마자 태오가 먼저 인사를 했지만 연하는 말없이 씩 웃고만 말았다. 그 웃음에는 평상시와 같은 싱그러움이 없었다. 눈꼬리 각도가 축 처져 있었다. 짝이 앞머리를 자르고 와도 몰랐던 태오는 어느새 좋아하는 여자의 미묘한 표정 변화까지 알아차릴 수 있는 남자가 됐다.

"어제 바빴어?"

"일찍 잤어."

"컨디션이 안 좋았어?"

"아니 전혀. 나 지리 숙제 안 해서 빨리 해야 돼."

연하는 책상 위에 교과서를 펼쳐 놓고서는 시선을 거둬 버렸다.

"점심시간에 나갈 거지?"

"이제 안 가도 돼. 나 네잎클로버 며칠 전에 찾았거든."

친구들이 몰려와 태오의 어깨에 팔을 걸더니 멋대로 휘파람을 불며 분위기를 만들었다. 지금은 전혀 팡파르를 울릴 만한 상황이 아니었다. 태오는 머쓱해하며 자리로 돌아갔다. 연하는 옆쪽으로 고개 한 번 돌려 주지 않고 줄곧 교과서만 보았다.

수업 시간에도, 쉬는 시간에도 연하는 태오에게 말을 걸지 않았다.

'미안……'

연하의 마음 역시 편하지 않았다.

아무리 드라마를 좋아한다고 해도 드라마 속 주인공이나 겪을 법한 나쁜 일을 겪고 싶지는 않았다. 연하는 자길 미워하는 어른에게 굳이 먼저 다가가서 '저는 착한 아이예요.'라고 항변하는 타입이 아니었다. 조용히 도망갈 뿐이었다.

살면서 많은 어른을 만났었다. 엄마가 없다고 하면 혀를 차는 어른이 있는가 하면, 이제는 그런 게 흠이 되는 시대가 아니라며 어깨를 붙잡고 판판하게 펴 주는 어른도 있었다. 후자의 어른들은 연하를 버티게 해 주었고, 전자의 어른들은 연하에게 오기를 심어 주었다. 자신은 측은한 존재가 아니며 보란 듯이 살아 보겠다는 오기 말이다.

하지만 동정조차도 아까워하며 악의를 드러내는 어른들 앞에서는 무력해졌다. 살면서 가끔 마주치는 시선이지만, 그 눈빛들에는 여태껏 살아온 삶을 모두 절벽으로 밀어 버리는 힘이 있었다. 연하는 은숙이 자신의 약점을 알고 있으리라고 추측했다. 그러지 않고서는 그따위의 눈빛을 보낼 수는 없었다. 마음을 다치고 싶지 않았다.

'엄마 없는 게 내 잘못은 아닌데······.'

연하는 주눅이 들었다. 태오를 바라봐도 예전처럼 즐겁지 않았다. 때로는 화가 나기도 했다. 따지고 보면 딱히 잘생기지도, 그렇다고 공부를 잘하지도 않는데 축구만 하는

놈 때문에 내가 무시당해야 해? 이런 부류의 모독이 머리에 퍼뜩 스쳤다. 물론 입 밖으로 뱉지는 않았다.

미움이 진심이 아니란 것쯤은 알고 있었기 때문이다.

어쩌면 잘된 일일지도 몰랐다. 연하의 아빠는 갈수록 일이 바빠졌고 집을 비우는 날도 많아졌다. 결국 명식은 연하에게 미안해하며 뭔가를 일러뒀다. 그 말을 듣는 순간, 연하는 이 세상의 어느 무엇도 마음처럼 흘러가 주지 않는단 걸 절감했다.

둘은 점차 멀어졌다. 연하는 하교 후에 곧장 스터디 카페로 향했고 메시지도 2시간씩 시간을 둬 답했다. 태오는 속이 상했지만 티를 내지 못했다. 사귄 적 없고 그저 한때 가까이 붙어 지내기만 했던 사이, 밖에 나가서 영화 한 편 본 정도. 따지고 보니 별거 아닌 관계였다. 왜 예전처럼 자신을 대하지 않냐고 토로할 명분이 없었다. 징징거리기엔 자존심이 상하기도 했다.

'엄마 때문에 그러나? 직접 해코지한 건 아닌데…….'

문제가 무엇인지 어렴풋이 짐작이 가기는 했으나 그것이 이유라고 납득하긴 싫었다. 엄마는 제삼자일 뿐이니 둘의 관계를 좌지우지할 리는 없다고 믿었다. 태오는 미처 알지 못했다. 사람은 모두 다르므로 누군가는 제삼의 이유로 사랑을 포기하려 하기도 한다.

　서로 진심을 말하지 않는 시간이 쌓일수록 둘은 더욱 멀어졌다. 태오는 오래전에 써 둔 편지를 사물함에 넣어 두고 매일 밤 들여다봤다. 전해 주기로 다짐한 순간이 다가오고 있었으나 확신이 사라졌다. 편지를 쓸 때만 해도 심장이 터질 것 같아서 한 문장을 쓰는 일조차 힘들었는데 이제는 완전히 다른 감정으로 인해 괴로웠다. 그건 일종의 두려움이었다. 세화고와의 축구 시합 당일, 끝내 연하는 나타나지 않았다.

　두려움은 커다란 상실로 바뀌었다.

　태오의 마음속에는 더 이상 파도가 치지 않았다.

*

　어느덧 계절은 봄을 벗고 여름을 입었다. 듬성듬성한 꽃잎들이 전부 떨어지고 푸르른 신록이 교정을 채웠다.

　태오와 연하의 관계는 옆집 이웃만큼 가까웠다가 미국에 사는 이방인만큼이나 멀어졌다. 엄청난 간극 사이에 둘은 괴로운 마음을 꾹 감췄다. 묻고 싶어도 묻지 않았다.

단지 고민했다. 이별에도 매너가 있는지를. 답은 간단했다. 티를 내지 않는 것. 둘은 멀어지는 와중에도 마음이 잘 통하여 매너를 지키는 일에 최선을 다했다.

점심시간, 축구를 마친 태오는 상의로 땀을 닦으며 5교시 교과서를 찾으려 했다. 그러다 책상 위에 얌전히 접힌 쪽지 한 장을 보았다.

'집 가기 전에 뒤뜰로 잠깐 나와 줄래?'

이름조차 없는 불친절한 쪽지임에도 태오는 누가 주었는지 단번에 알아차렸다.

그 후로 시간은 굼벵이만큼 느리게 흘렀다. 수업 내용이 머리에 하나도 들어오지 않았다. 마음의 거리가 부쩍 멀어진 상태였지만 그렇다고 감정이 사라진 건 아니었다. 지금이라도 연하와 다시 가깝게 지낼 수 있을 것 같은 묘연한 희망이 느껴졌다. 왜 축구 시합에 오지 않았는지 묻고 싶기도 했다.

'서프라이즈 고백인가?'

현 상황과 전혀 상관없는 헛다리를 짚을 정도로 행복한 상상에 몰입했다. 하지만 망상은 금방 멈추었다. 아무리 생각해도 현실이 될 가능성은 제로에 가까웠다.

태오는 문득 마음속을 들여다봤다. 돌고래는 아직 헤엄치고 있었다.

교정이 쪽빛으로 물들자 가방을 메고 쭈뼛거리며 뒤뜰로 향했다. 점심시간마다 종종 같이 걸었던 화단 옆에 연하가 서 있었다. 오랜만에 이름을 부르자 평상시와 같은 표정으로 눈을 맞추었다. 옅게 웃고 있었지만 감정은 담겨 있지 않았다.

"무슨 일이야?"

태오는 왠지 연하의 눈을 예전처럼 똑바로 볼 수가 없었다. 뭔가 혼이 나는 기분 같기도 하고, 보면 안 될 것을 바라보는 기분 같기도 했다. 확실한 건 편하지 않았다.

"주고 싶은 게 있어서."

연하는 그런 태오를 향해 애써 입꼬리를 끌어 올렸다. 감정을 잘 숨기는 연하가 태오에게 보여 줄 수 있는 최선의 예의였다.

"늘 혼자였던 나랑 친하게 지내 줘서 고마웠어."

"갑자기?"

태오는 의아했다. 예상했던 분위기가 아니었다. 여름날

의 저녁 바람이 목깃 사이로 스며들었다. 목덜미에 은근한 땀이 흐르고 있었다. 연하가 태오의 손을 잡더니 그 손바닥 위에 정갈히 코팅된 세잎클로버를 올려 주었다.

"이게 뭐야?"

세잎클로버인 걸 뻔히 보고 있음에도 태오는 바보 같은 질문을 할 수밖에 없었다. 대뜸 왜 풀잎을 주는지, 그것도 네잎클로버도 아닌 세잎클로버를 말이다. 아무것도 예측할 수 없는 상황이 마음에 돌풍 같은 불안함을 불러왔다.

"너는 세잎클로버의 꽃말을 알아?"

"아니."

"네잎클로버는 행운이고 세잎클로버는 행복이래. 행복해지려면 행운에서 욕심을 딱 한 장만큼만 덜어 내면 돼."

태오는 자꾸만 불안해졌다. 마주 보고 있는 연하가 여전히 웃고 있음에도 불구하고 무언가 나쁜 일이 벌어질 것만 같았다. 마음속에 돌고래는 구슬프게 울었다. 예전처럼 물보라를 일으키지 못했다.

"태오 너랑 친해진 건 행운이었어. 학교를 너무 자주 옮겨서 나는 누군가랑 친하게 지내는 일이 참 어려웠거든. 같이 하교하고, 놀러도 가고, 밤마다 연락하면서 정말로 즐거웠어. 그런데 더 욕심을 부릴 순 없었어."

"혹시 우리 엄마 때문에 그래? 이제라도 내가 눈치 안 보이게 할 테니까……."

"나 곧 전학 가."

돌고래가 마지막으로 전한 것은 작별이었다.

쿵. 태오는 피가 서늘하게 식는다는 게 무엇인지 처음으로 느꼈다. 머리가 새하얘지고 아무 말도 할 수 없었다. 온 마음에 계절과 어울리지 않는 한기가 감돌았다. 숨을 쉬고 있어도 숨이 멎은 것 같았다.

"전학 온 지 얼마 안 됐지만 아빠가 하는 일이 잘돼서 원래 살던 곳으로 돌아가게 됐어. 나라도 여기에 남겠냐고 해서 고민했었는데…… 그러고 싶지 않더라고. 축구 시합 날에 주려고 보관해 놨던 거야. 이제야 주네."

태오는 입이 움직이지 않았다. 허망한 표정으로 서 있는 태오를 향해 연하가 다가오더니 있는 힘껏 웃어 주었다. 안쓰럽기까지 한 미소였다.

연하는 처음 가까워졌던 순간처럼 태오의 이마를 쓰다듬었다.

"이제 앞머리 내리고 다녀도 되겠네."

태오에게 연하의 눈웃음은 어떤 약보다 씁쓸했다. 심장이 반으로 갈라진 듯이 아팠다. 이민을 가는 것이 아니고, 연락이 닿지 않는 오지로 가는 것도 아니었지만 태오는 알았다. 둘의 관계는 이렇게 끝이 난다는 걸. 거리의 문제가 아닌 마음의 끝을 직감했다.

잠깐의 침묵 후 연하는 태오를 지나쳐 교문으로 향했다. 그 뒷모습이 여름밤에 뜬 별 같았다. 반짝이지만 닿을 수 없었다.

태오는 후회했다. 연하가 엄마의 눈치를 보고 있는 걸 알았을 때 적극적으로 연하를 보호해 줬더라면, 엄마가 좋은 어른이었다면, 자신이 연하의 마음을 이해하려고 더 노력했더라면 연하가 아빠를 따라가지 않았을까?

파도가 굽이쳤던 마음에는 모래만 남았다. 인제 보니 돌고래가 있었던 곳은 애초부터 바다가 아니었다. 황량한 사막 속 자그마한 오아시스에 돌고래는 잘못 들어왔나 보다. 태오의 발은 푹푹 꺼지는 모래 속에 남았다. 애타는 진심이 있어도 척박한 환경으로는 연하를 지켜 줄 수 없었다. 돌고래는 사막 속의 여정을 마치고 먼바다를 향해 떠나갔다. 텅 빈 오아시스에는 언젠가 자신도 누군가에게 진짜

바다가 돼 줄 수 있을까 하는 단상만이 남았다. 태오는 코
팅된 세잎클로버를 쓸쓸히 바라봤다. 고맙고 미안했던 행
복이었다.

*

도현이 빈 우유병을 만지작거리며 말했다.

"어쩐지, 중간고사 끝나고 우리 반이랑 축구를 잘 안 하
더라. 서로가 좋아하는 것만으로 다 되는 건 아니구나."

나는 무의식중에 도현의 행동을 따라 하고 있었다. 허리
가 동그란 우유병을 쓰다듬으며 대답했다.

"상황만 괜찮았더라면 둘이 사귀었을 텐데."

이야기를 나누는 동안 부쩍 바람이 서늘해졌다. 오른쪽
옆에 우유병을 놔두고는 팔짱을 꼈다. 도현이 그 모습을
흘깃 보고는 빈 병을 주워 자신 쪽으로 옮겼다. 이런 식으
로 사소한 친절을 보여 줄 때가 많아졌다.

그때 뭔가가 생각났다. 피식 웃음이 나왔다.

"연하가 메신저로 말해 줬는데, 전학 간 다음에 바로 남
자 친구 생겼대."

"더 웃긴 것도 있어."

"뭔데?"

"주태오도 얼마 전에 여친 생겼어. 이제 우리 반이 축구는 무조건 너희 반 이겨."

내가 눈썹을 씰룩거리며 다소 어이없다는 표정을 짓자 도현 역시 웃음으로 맞장구를 쳐 주었다.

연하와 태오는 밤마다 상실한 반쪽 마음에게 전화라도 걸어 볼까 여러 차례 고민하면서 견뎌 냈다. 가끔은 눈물을 흘리기도 했을 거다. 아이러니하게도, 사랑에 능숙해지려면 반드시 이별을 겪어야만 했다. 둘은 서로를 비워 냄으로써 사랑을 배웠다.

연하는 전학을 가자마자 학원에 다녔고 거기에서 남자 친구를 사귀었다. 반대로 태오는 엄마가 바꿔 준 그룹 과외에서 여자 친구를 만났다. 둘은 첫 연애를 하는 동안에도 지나간 사랑을 떠올리긴 했지만 시간이 지날수록 그 마음은 흐릿해졌다.

이별은 아플지언정 불치병은 아니었다. 사랑의 진가는 이별을 수용하고 극복하는 순간 발휘되니까.

물론 나의 입장에선 시원섭섭한 끝이었다.

"아무리 유난을 떨어도 헤어질 수 있다니."

"맞아. 걔네 썸 타는 거 모르는 애가 없었는데 각자 다른 사람이랑 사귀게 될 줄이야."

강도 낮은 바람이 나와 도현의 사이를 비집고 들어왔다. 일직선으로 나아가는 바람은 나뭇가지를 살짝 흔들었고 사락거리는 소리가 들려왔다. 도현이 갑자기 입고 있던 카디건을 벗더니 대뜸 내게 건네주었다.

"뭐야? 너 입지."

"난 추위 잘 안 타."

"고마워."

도현은 대수롭지 않은 일인 척 다시 앞만 빤히 바라봤다. 나 역시 호들갑을 떨지는 않았다. 그다음 무슨 말을 해야 할지 머리가 굴러가지 않았다. 덤덤한 척 애를 쓰다 보니 뇌가 멈춰 버렸다. 혹시 도현의 담백한 친절도 치열한 고민 끝에 나온 행동은 아닐까?

그랬다면 좋겠다.

한 병을 다 비운 바나나우유는 달았고, 우리 사이는 제법 가까웠다. 분위기를 어색하게 만들지 않으려 다시 입을 열었다.

"이제 썸이 얼마나 복잡 미묘한 건지 알겠지? 근데 내 생각엔 둘이 일찍부터 썸 탔으면 연애 성공했을지도?"

둘이 마음을 나눴던 시간은 두 달이 채 넘지 않았다. 하지만 도현은 수긍하지 않는 표정이었다. 뭔가가 떠오른 듯 손으로 턱을 문질렀다.

"아냐. 기간은 중요하지 않아. 오래 좋아한다고 연애가 되는 건 아니거든."

"누구 얘긴데?"

"세화고에 다니는 친구인데……."

이번에는 도현이 이야기해 줄 차례였다. 도현은 한 뼘 더 내 곁으로 바싹 붙어 앉아 이야기를 꺼내기 시작했다. 나는 심장 소리가 들킬까 봐 조마조마하며 더 깊게 팔로 몸을 감싸 안았다.

벗어 준 카디건이 제법 따뜻했다.

짝사랑과 덕질의 공통점

수요일 오후 10시가 되면 지은은 카페 섬머를 찾았다. 11시 마감이라 손님이 거의 없었다. 금귤청에이드를 부탁하고 2인 좌석에 앉아 있으면 5분쯤 뒤에 알바생 민준이 아메리카노 한 잔을 내려서 에이드와 같이 갖고 왔다. 메뉴판엔 적혀 있지 않았지만 민준의 말에 의하면 단골에게만 만들어 준다는 히든 메뉴였다. 지은은 덕분에 매번 공짜로 에이드를 얻어 마셨다.

　지은이 근심 가득한 표정으로 긴 한숨을 쉬자 민준이 물었다.

　"뭔 일 있냐?"

　지은이 빨대로 금귤청에이드를 성의 없이 젓다가 한 모금을 마시고는 기다렸다는 듯이 대답했다.

"나 이원 오빠 한정판 포카 잃어버렸어."

민준의 걱정스러웠던 표정이 한순간에 쫙 펴졌다. '그러면 그렇지.' 민준은 잠깐이나마 진심으로 지은을 걱정했던 자신이 우스웠다.

고등학교는 다르지만 둘은 같은 중학교 출신이었다. 바리스타가 꿈인 민준은 카페 섬머에서 마감 아르바이트를 했다. 민준은 패션에 관심이 많았고 본인을 어떻게 꾸미면 멋져 보일지를 여우처럼 잘 아는 남자였다. 민준이 출근하는 오후 6시가 되면 카페 손님의 성비가 바뀌었다.

'섬머 알바생 여친 없음' 정보에 발이라도 달렸는지 인근의 여고생들 사이에서 유명 인사였다.

지은은 섬머 맞은편 학원을 다녔다. 지은는 심각한 아이돌 덕후였다. 최애는 세븐시티즈의 비주얼 멤버로 손꼽히는 '이원'이었다. 차애는 그다음 비주얼 멤버인 '성현'이었고, 이전의 최애는 타 그룹의 비주얼 멤버였다. 즉 자타 공인 지독한 얼빠였다. 하지만 연애에는 전혀 관심이 없었다. 눈앞에 꽤 인기 좋다는 민준이 앉아 있어도 지은의 마음에는 하늬바람조차 불지 않았다.

그래서 둘의 친구 관계는 무리 없이 유지되는 중이었다.

민준이 지은을 3년간 짝사랑했음에도 불구하고.

"비싼 거야? 아니라면 새로 사."

"말했잖아. 한정판이라고. 시세가 8만 원부터인데 큰마음 먹고 산 거란 말이야. 진짜 귀한 건데……."

"뭐? 8만 원?"

민준은 어이가 없었다. 아무리 아이돌 덕질에 미쳐 있다지만 셀카 한 장 인쇄된 게 전부인 포토 카드를 8만 원이나 주고 산다는 게 이해되질 않았다. 그런 마당에 칠칠찮게 잃어버리기까지 했다니. 나무라고 싶지는 않았으나 민준의 세계에선 납득이 불가한 일이었다. 민준은 요즘 인기 좋다는 여자 아이돌의 이름도 못 외웠다.

"그 귀한 걸 학교에는 왜 가져갔는데?"

"애들이 보여 달라고 했단 말이야."

"보여 달라 한다고 진짜로 보여 줬냐?"

"사실 나도 자랑하고 싶긴 했어서……. 넌 내 마음 몰라 멍청아!"

"왜 나한테 성질이야?"

"속상하니까!"

지은은 상대의 반응에 답답해하며 에이드를 한 모금 홀

짝였다.

한편 민준은 막무가내로 성질을 부리는 지은을 살폈다. 이 정도로까지 무언가에 속상해하는 걸 본 건 고등학교 배정을 원하지 않는 곳으로 받은 이후 처음이었다. 지은은 절친한 민준과 다른 학교로 배정받은 일을 못내 아쉬워했었다. 그때 민준은 지은도 자신을 좋아하는 줄 알았지만 이후 덕질이 심각해지는 걸 지켜보며 본인만 짝사랑 중이란 걸 깨달았다.

"담임한텐 말해 봤어?"

"담임이랑 말이 안 통해. '포토 카드를 돈 주고 사는 거니?' 이런 말이나 하고 있어."

"너한테 소중한 거지?"

"응......."

"그럼 내가 찾는 거 도와줄게."

"진짜로?"

지은이 반색했다. 침울했던 얼굴이 동그란 금귤처럼 반짝거렸다. 민준은 말 한마디에 표정이 시시각각 변하는 지은을 볼 때마다 참 재미있는 애라는 생각을 했다. 자신도 모르게 피식거렸다.

아이돌에 과몰입하는 애들은 민준의 입장에서 싫으면 싫었지, 매력적인 타입은 아니었다. 그런데도 지은이 좋았던 이유는 지은이 좋아하는 것을 설명할 때마다 표출하는 열정이 신기했기 때문이다.

'어떻게 실제로 만나지도 못하는 사람을 저렇게 좋아하지?'

미남 사진이라면 광신도처럼 휴대폰 갤러리에 수집하는 지은은 절대로 친해질 리 없는 부류의 여자애였다. 신인 영화배우가 잘생겼다며 사흘 밤낮을 앓더니, 그다음에는 관찰 연애 예능의 출연자가 진국이라며 일주일을 앓았다. 그렇게 몇 명의 사람에게 빠졌고 혼자서 몇 번이나 이별을 겪었다. 그러면서도 주변 남자애들에겐 관심이 없었다. 오래전부터 쭉 그랬다.

민준이 알기론 지은이 다니는 학원에도 꽤나 괜찮게 생긴 남자들이 간간이 있었다. 여자가 보는 눈과 남자가 보는 눈이 다르긴 하겠지만 지은은 현실 속 남자들에겐 이상하리만치 관심이 없었다. 남사친이라고는 오직 민준밖에 없었다.

민준은 그 지점이 좋았다. 비록 지은이 연예인만 좋아하는 고약한 얼빠 중에 얼빠이긴 해도 민준이 만나자고 하면 군말 없이 나오고 꾸준히 연락을 주고받는 의리가 있었다. 자길 좋아하는 남자가 앞에 있어도 전혀 모르는 어리숙함도 귀여웠다. 그 포인트가 짝사랑을 3년간 이어 가게 했다.

'걔들보다 내가 널 더 좋아할걸.'

속은 탔으나 마음속 불씨가 사그라들지는 않았다. 무언가에 몰입하는 사람은 아름답다고 했던가. 덕질을 할 때마다 펄떡이는 광어처럼 변하는 지은의 모습은 매력적이었다. 중학교를 함께 다닐 때부터 지은은 무언가에 빠지면 정신을 못 차렸다. 하루 24시간이 모자란다는 열정으로 가득 찬 반짝이는 눈동자, 민준은 그런 지은이 좋았다.

지은이 자신의 이상형에 부합하는지를 묻는다면 도저히 그렇다고 말할 수 없었다. 왜 좋은지 따져 보자면 안 좋아하는 게 마음 편하겠다는 결론이 나왔으나 그렇다고 좋아하는 마음을 멈추는 게 가능하지는 않았다.

부정할 수가 없었다. 민준의 눈에 비친 지은은 분명 귀여웠다.

"근데 포카 찾는 걸 네가 어떻게 도와줘?"

"그건 차차 생각해야지."

"너 진짜 P 같다. 대책이 없어."

"도와준대도 틱틱거리냐."

민준은 세화고였고 지은은 중앙여고였다. 학교가 달랐기에 분실물을 찾아 주는 일은 불가능에 가까웠다. 하지만 일단 지은의 웃는 얼굴을 보기 위해 약속을 질러 버렸다. 민준은 빈말을 하는 타입이 아니었고, 특히 지은과 한 약속은 사소한 일이라도 모두 지켰다. 앞으로의 계획은 이제부터 생각해 볼 참이었다.

포토 카드 얘기로 시작된 덕질 근황은 에이드를 반쯤 마실 때까지 계속됐다. 지은은 며칠 전에 본 아이돌 유튜브 이야기부터 지난주에 다녀온 생일 특전 카페 이야기까지 민준이 모를 이야기를 줄줄이 읊어 댔다.

"세븐시티즈 이번에 자컨 조회 수 300만 찍음."

"자컨이 뭐야?"

"자체 컨텐츠. 말해 줬잖아."

"그랬었나."

"이번에 뜬 리팩 앨범도 미쳤어. 드디어 청량 컨셉이야."

"리팩은 또 뭔데?"

"아오! 리패키지!"

"무슨 외계어냐?"

민준은 아이돌에 관심이 코딱지만큼도 없었다. 지은은 그런 민준이 답답했지만 최애 자랑을 멈추지 못하고 폭주 기관차처럼 온갖 이야기를 다 꺼냈다. 이 사진 잘 나오지 않았느냐며, 이 화보집이 대박이라며.

생소한 용어들이 퍼레이드처럼 쏟아졌다. 민준은 고개만 끄덕거렸다. 가끔은 립 서비스 차원에서 멤버들 중 지은의 최애가 제일 잘생겼다고 추어올려 주기도 했다. 그러면 지은은 너도 보는 눈이 있다며 무척이나 기뻐했다. 그 말을 할 때 행복에 젖어 있는 지은은 특히나 귀여웠다.

"네 이야기도 좀 해 봐. 넌 말을 너무 안 해."

"그거야 네가 말이 많으니까."

"쓰읍!"

"오늘 번호 땄어. 너희 학교 여자애한테."

"이열, 정민준!"

지은이 호들갑을 떨며 손뼉을 쳤다. 3분 정도 세리머니를 해 주다가 또 무언가에 스파크가 튀었는지 교묘하게 최애 이야기로 대화 방향을 틀었다. 예상한 반응이긴 했지만 민준은 조금 서운했다.

'내가 번호를 따여도 아무렇지 않네.'

쓸쓸한 얼굴로 쳐다봐 봤자 지은은 민준의 표정 변화도 인지하지 못하고 열심히 본인이 좋아하는 것들만 떠들어 댔다.

시간은 빠르게 흘렀고 카페를 닫아야 할 때가 됐다. 지은은 열정을 잔뜩 쏟아 낸 뒤 홀가분한 마음으로 일어섰다. 포토 카드 때문에 서글퍼했던 얼굴은 최애 자랑 덕분에 금방 화사해졌다. 민준은 지은이 단순한 건지 이상한 건지 분간이 어려웠으나 모쪼록 웃으면서 집에 보낼 수 있어 다행이라 여겼다.

"데려다줄게. 조금만 기다려."

"안 돼. 나 1분이라도 일찍 가서 브이앱 대기해야 해."

"대단하네."

"오늘 나 왜 오라고 한 거야?"

"이거 주려고."

민준은 카페 냉장고 구석에 숨겨 둔 비닐 백을 건넸다. 지은은 어린 시절부터 귤을 좋아했고 그중에서도 한입 사이즈인 금귤을 가장 좋아했다. 민준은 금귤을 준다는 이유로 매번 지은을 카페로 불렀다.

지은이 금귤을 가방에 넣으며 히죽거렸다.

"그렇게 좋냐?"

"응. 나 감기 자주 걸리는데 금귤이 감기에 좋대. 게다가 귀엽고 달콤하잖아. 하지만 이걸로 생일 선물 퉁치면 안 된다. 다음 주인 거 알지?"

"양아치."

"그럼 마감 잘 해. 난 먼저 갈게."

민준은 지은이 통유리창 너머로 아주 사라질 때까지 지켜봤다. 밤길을 혼자 보내는 게 걱정됐지만 기다리라고 발을 묶어 둘 순 없었다.

마감까지 끝낸 오후 11시 30분, 민준의 휴대폰이 울렸다. 번호를 가져간 여자애의 연락이었다.

*

지은은 포토 카드를 찾지 못했다. 가격이 붙지 않는 비매품이란 이유로 담임은 지은의 고충에 귀를 기울이지 않았다. 지은은 용돈을 모으고 모아 큰마음을 먹고 산 굿즈를 잃어버린 게 무척 원통했으나 다행히도 절망에 오래 잠겨 있지는 않았다. 엄마에게 생일 용돈을 받으면 다른 걸 사겠다는 계획을 세웠다.

"지은아, 우리 네 생일에 만나는 거 2시부터는 안 돼? 일찍부터 놀자."

"낮엔 선약이 있어."

"설마 카페 알바 걔? 생일도 챙겨 줘?"

"그냥 남사친이야."

민준이 생일날 낮 시간을 비워 놓으라고 통보를 한 상태였다. 지난 3년 동안 민준이 항상 지은의 생일을 챙겨 줬기에 지은 또한 익숙하게 낮 시간을 비워 놓았다. 마침 주말이니 민준을 만난 후에 친구들과 놀면 하루를 그럭저럭 즐겁게 보낼 수 있었다.

나경은 3년간 유지된 이 관계가 믿기 어렵다는 듯 호들갑을 떨었다.

"남사친 아니구먼."

"뭐래. 맞거든?"

"대체 어떻게 친해진 거야? 완전 훈남이잖아. 약간 냉미남 엄친아 타입."

"걔 공부 못해서 엄친아 탈락이야."

"와, 그런 말도 하는 사이야? 진짜 부럽다. 네 말대로 그냥 친구면 나 소개해 주면 안 돼?"

학원을 마친 후 지은이 섬머에 자주 들른다는 정보가 친구들 사이에 돌았다. 그 후로 부쩍 민준을 소개해 달라는 부탁이 많아졌다. 지은은 이해하기 어려웠다. 알고 보면 민준은 공부도 딱히 못하고 성격도 꽤 무뚝뚝한데 냉미남 엄친아라고 그럴듯하게 포장되는 게 웃겼다. 얼마 전 6월 모의고사에서 수학 7등급을 맞았다는 사실을 알면 이미지가 박살이 날 거라며 속으로만 킥킥거렸다. 민준에겐 친구들이 알지 못하는 허당기가 있었다. 물론 그걸 아는 건 지은뿐이었다.

지은은 서랍 속에 고이 보관해 둔 최애 굿즈 노트를 꺼내 보이며 말했다.

"얘들아, 너희 진짜 바보 같다. 뭐 하러 현실 남자를 찾니? 최애 보고 광명 찾아라. 아이돌이 정답이야."

"난 너처럼 맨날 유튜브 보면서 허덕거리긴 싫어."

"잘생긴 사람은 다 화면 안에만 있는 거 몰라?"

지은은 수집해 놓은 사진을 줄기차게 보여 주며 최애를 영업하기 시작했다. 덕질에 푹 빠진 지은은 매사에 대화가 아이돌로 귀결됐고 친구들은 그럴 때마다 지은과의 대화가 답답하다고 느꼈다. 적당히 끄덕거리되 싸늘한 눈빛을 보내며 그만하라는 암묵적 경고를 할 뿐이었다. 지은은 눈치껏 멈추었다.

그들은 금귤을 한 알씩 입 안에 넣었다. 매끈매끈한 겉면을 어금니로 터트리자 새콤달콤한 과즙이 흘러나왔다. 점심을 먹고 난 후 디저트로 즐기기 좋은 맛이었다. 나경이 턱을 괴고는 이해할 수 없다는 표정으로 물끄러미 눈을 맞추었다.

"넌 대체 아이돌이 왜 좋아?"

"잘생겼잖아."

"그 카페 알바도 잘생겼어."

"에이, 걔가 뭐가 잘생겼어? 그 정도로는 입덕 불가."

"대체 그 입덕이란 건 기준이 뭔데?"

"그게 뭐냐면……."

문득 의문이 들었다. 대체 언제부터 아이돌을 좋아하게 된 걸까?

세븐시티즈에 입덕했던 순간을 떠올렸다. 트위터에서 연말 무대 클립 영상을 보다가 잘생겼다는 감상을 했었고,

가볍게 영상을 몇 가지 더 찾아본 게 도화선이었다. 그 후로는 마음에 불이 붙어 사진과 화보, 인터뷰까지 찾아봤다. 결국엔 감정이 폭발해 버려서는 온종일 앓게 됐다. 사랑이란 리디북스 안에서만 존재하는 건 줄 알았는데 실제로 그 감정을 느껴 보니 과연 넘어가지 않고는 버틸 수가 없었다.

잠을 자기 전, 시험공부 할 때, 심지어 친구와 대화하는 순간에도 떠올랐다. 입덕 부정기를 거치며 '내가 얘를 좋아할 리가 없어.'라고 몇 번이나 생각을 고쳐먹으려 했지만 소용없었다. 부정하면 부정할수록 화려한 영상들이 떠올라 괴로웠다. 결국 입덕을 인정한 순간, 아이돌 산업의 완벽한 포로가 됐다.

쓸모없고 딱히 예쁘지도 않은 굿즈라도 멤버 이름이 박혀 있으면 전 재산을 털 각오가 돼 있었다. 시험을 망친 날에도 최애의 예능 영상을 보면 배꼽이 빠질 때까지 웃을 수 있었다. 화면 속의 엔도르핀이자 도파민, 때로는 아드레날린이었다. 지은은 이제 사랑 없이는 일상생활이 불가능했다. 물론 언제까지고 이번 최애에 머무를 거란 보장은 없었다. 지은에겐 금사빠 기질이 있었다.

아무튼 어른들이 말한 가슴 뛰는 사랑! 그 대상이 현실에서 만나기 힘든 사람이라도 상관없다고 생각했다.

"입덕은 심플하게 말해서 네 가지를 충족하는 상태야. 첫째, 시도 때도 없이 생각난다. 둘째, 생각하면 웃음이 난다. 셋째, 잘해 주고 싶다. 마지막 넷째! 앞의 세 가지를 다 충족했으면서도 절대 좋아할 리가 없다고 부정한다."

나경이 고개를 갸웃거리며 반문했다.

"그거 그냥 짝사랑이잖아?"

*

민준 또한 홀로 외로운 덕질을 이어 갔다. 민준은 지은에게 그럴듯한 선물을 사 주기 위해 알바비를 특별히 아껴 났다. 또한 포토 카드 찾는 일을 도와주겠다고 선언한 상태라 남몰래 머리도 열심히 굴려 대는 중이었다. 겨우 2시부터 4시까지만 허락된 만남이었으나 이번 일정은 특별했다. 세 번째로 챙겨 주는 생일, 이제는 뭔가 달라져야 했다.

문득 지은을 좋아하게 됐던 첫 순간이 떠올랐다. 중학교 2학년, 체육 수업 때 짝 피구를 했던 적이 있었다. 배정된

짝이 지은이었으며 둘은 친하지 않았다. 덕분에 합은 전혀 맞지 않았고 민준은 지은을 대신해서 공을 여러 번 맞아야만 했다. 지은이 대충 공을 맞고 좀 죽어 주면 서로 편하고 좋을 텐데, 지은은 쓸데없이 열심히 했다.

'잘하지도 못하면서 왜 이렇게 적극적이야?'

지은은 일주일에 몇 번 없는 체육 시간을 진심으로 즐겼다. 민준은 그 열정 때문에 덩달아 열심히 해야만 하는 게 싫었다. 민준은 몸을 움직이는 데 전혀 흥미가 없었다. 결국 참지 못하고 한 소리를 뱉고야 말았다.

"야 홍지은, 그냥 죽으면 안 되냐?"

"왜? 한창 재미있는데."

"너 소질 없어."

"상관없어. 즐거우면 그만이야."

공과 친하지도 않은 주제에 지은은 눈을 반짝이며 피구를 즐겼다. 민준의 세계에 지은은 제 실력도 모르고 냅다 날뛰기만 하는 외계인이었다.

민준은 잘하는 일에만 최선을 다하는 남자였다. 못하는 일에는 열의를 보이지 않았다. 공부를 열심히 하지 않는 이유는 소질이 없다는 걸 알고 있었기 때문이다. 체육 시간에 보통 남자애들과 달리 열정적이지 않은 것도 타고난 운동 신경이 나쁘다는 걸 일찌감치 알아서였다. 반대로 커피를 내리고, 패션에 신경을 쓰는 건 그나마 자신의 적성에 맞고 소질도 있는 일이라고 생각했기 때문이다.

지은은 잘하든 못하든 즐거우면 그만인 여자였다. 낙천적인 소녀의 눈빛이 한여름 햇살을 담뿍 받은 레몬처럼 빛났다. 민준은 완벽하지 못하고 오히려 허술하기 짝이 없는 지은이 낯설었다. 뭐 하나 특출 나게 잘하지 못하면서 매사에 늘 진심을 다하는 사람. 자신이 갖추지 못한 매력을 알아채 버린 순간부터 민준은 지은을 생각하기 시작했다. 곁에 있으면 덩달아 밝아지는 기분이 들었다. 잠을 자기 전에도, 시험공부를 할 때도, 심지어 친구와 대화하는 순간에도 지은을 생각했다.

'내가 걔를 좋아한다고? 딱히 예쁘지도 않은 걔를?'

언젠가 지은이 어린이집 시절부터 꽤 인기가 많았다는 말을 들은 적이 있었다. 결코 이해할 수 없다고 고개를 저었지만, 속으로는 자신도 모르게 끄덕거렸다. 지은을 상상하고 또 함께하는 일이 행복했다. 결국 짝사랑을 인정한 순간, 민준은 애끓는 마음의 포로가 됐다. 지은에게 남자 친구가 생기지는 않을지 마음을 졸인 게 어언 3년이었다.

이제 슬슬 매듭을 지어야 할 때가 됐다. 3년 동안의 감정 롤러코스터는 매번 신나기만 한 건 아니었다. 마음을 몰라주는 지은에게 이따금씩 야속함을 느낄 때가 있었다. 다른 여자들은 자신에게 번호를 물어볼 정도인데 왜 지은만 아무런 동요가 없는 건지 속이 상했다.

혼자서만 하는 사랑은 달콤한 망고빙수를 눈앞에 두고 다 녹을 때까지 지켜만 봐야 하는 일보다 더 잔인했다.

그러니 이번 생일은 달라야만 했다.

*

지은의 생일 당일, 민준은 일찍이 카페에서 지은을 기다렸다. 늘 만나던 섬머가 아닌, 감성 맛집이라고 소문난 카페였다. 손바닥 하나도 못 채우는 조각 케이크 하나에 만 원씩이나 했지만 지은의 생일이니 아깝지 않았다.

시간에 딱 맞춰 도착한 지은이 맞은편에 앉았다. 창가 자리에 앉은 덕에 둘의 뺨 위로 한낮의 자연광이 내려앉았다. 기분이 좋아 보이는 지은은 평소보다 몇 배는 더 귀여

웠다. 민준은 지은에게 느끼는 이 감정을 오늘부터는 표현
할 수 있게 되기를 바랐다.

"왔냐."

"일찍 도착했네?"

"언제는 내가 안 그랬냐."

"하긴."

"생일 축하한다."

민준은 지은을 빤히 바라보기가 힘들어 창밖으로 고개
를 돌려 버렸다. 지은은 오늘따라 유독 멋을 부린 민준이
어색했다. 자신도 모르게 흠칫 놀라 버렸다.

따지고 보면 최근에는 낮에 얼굴을 볼 기회가 거의 없었
다. 섬머에서 볼 때는 몰랐는데 민준에게는 이제 앳된 얼
굴이 남아 있지 않았다. 콧대가 제법 높았고 턱선이 날카
로웠다. 집에 있는 남동생은 수염으로 턱 주변이 거뭇거뭇
하던데 민준은 깔끔했다. 요철 없는 피부 결이나 물기를
머금은 듯 빛나는 머리칼도 낯설었다. 인기 있는 알바생답
게 자기 관리가 철저했다.

'얘가 이렇게 생겼었나?'

친구들의 칭찬을 이해할 수 없었던 건 한 번도 민준의

얼굴을 제대로 본 적이 없어서였을까? 아니다, 오늘의 민준은 뭔가 달랐다. 민준에게선 은은한 머스크 향기가 풍겼다. 무채색으로 정갈하게 통일한 옷차림새나 팔목에 얇게 둘러진 은색 팔찌까지, 누가 봐도 민준은 오늘 한껏 꾸몄다. 게임에서 아껴 놓은 필살기를 한 번에 사용하는 캐릭터처럼 민준은 지은의 생일날, 오늘만큼은 가장 괜찮은 남자로 보이기 위해 최선을 다했다.

"매번 축하해 줘서 고마워."

"어려운 일도 아닌데 뭐."

"아쉽다. 너도 여자였으면 중앙여고 왔을 텐데."

"진심이야?"

"아니."

둘은 음료와 조각 케이크를 사이에 두고 평상시처럼 말을 이어 갔다. 눈을 마주 보고 지난주에 했던 이야기들과 다름없는 것들로 웃고 떠들었다. 하지만 지은은 민준의 눈을 바라볼 때마다 낯선 감정이 느껴졌다.

'은근히 잘생겼네.'

상대의 외모를 신경 쓰기 시작한 순간부터 동시에 자신을 신경 쓰게 된다. 민준의 눈매가 살짝 올라가 있다는 사실을 통해서 지은은 자기 눈매를 고민했다. 오늘 화장이 괜찮게 됐는지, 렌즈가 돌아가지 않았는지 갑자기 별별 것이 다 신경 쓰였다.

'한 번도 이런 적이 없었는데 내가 왜 이러지?'

냉방이 되고 있음에도 슬며시 열이 올랐다. 자각한 적 없던 여름이 느리지만 분명한 발걸음으로 찾아오는 중이었다.

적당히 수다를 마무리한 뒤 민준이 뜸을 들이다 화제를 바꿨다.

"포토 카드 못 찾았지?"

"아, 맞다! 도와준다며 어떻게 된 거야? 까먹었어?"

"아니. 기억해."

민준이 가방에서 작은 상자 두 개를 꺼냈다. 지은이 좋아하는 금귤색 리본이 붙어 있었다.

"생일 선물. 금귤로 퉁치지 말라며."

지은이 첫 번째 상자를 열었다. 그 안에는 자신이 잃어버렸던 포토 카드가 들어 있었다. 포장된 투명 비닐의 상태를 보아 새것이었다.

민준은 쑥스러워하면서도 지은의 눈을 똑바로 바라보고

말했다.

"구하기 어렵더라."

"미친!"

지은이 조심스레 포토 카드를 들어 올려 꼼꼼히 살폈다. 한정판 특유의 홀로그램까지 정확히 찍힌 포토 카드였다. 잃어버린 것과 같은 카드가 확실했다.

"시세 올라서 9만 원 줬어. 이건 절대 잃어버리지 마."

"이걸 어떻게 구했어……. 말이 안 나와."

"이 멤버가 그렇게 좋냐?"

"응!"

지은의 얼굴이 활짝 핀 해바라기로 변했다. 민준이 가장 좋아하는 모습이었다.

"남은 상자도 마저 열어 봐."

"올해는 무리했네? 난 이만큼 못 해 줘."

"상관없어."

지은의 입꼬리가 귓가에 걸리기 일보 직전이었다. 남은 상자 하나에는 무엇이 들어 있을지 상상이 끝나기도 전에 뚜껑을 열었다.

작은 별 모양 펜던트가 달린 목걸이가 담겨 있었다.

"생일인데 다른 것도 주고 싶어서."

"딱 내 스타일이잖아!"

3년간 지은을 지켜본 덕에 취향을 묻지 않아도 고를 수 있었다. 아기자기한 펜던트를 보자마자 지은은 무척이나 마음에 들어 하며 호들갑을 떨었다. 목걸이가 제법 잘 어울렸다.

지은은 민준의 선물이 무척 고마웠지만 부담되기도 했다. 매년 잘 챙겨 줬어도 이렇게까지 챙긴 적은 없었다. 왠지 오늘의 분위기는 이전과 달랐다.

"좀 달라 보인다야."

"그래?"

"갑자기 왜 이렇게 잘해 줘?"

"갑자기가 아니야."

"응?"

민준은 긴장이 되는지 괜스레 손바닥을 비비다 팔짱을 끼곤 말했다.

"난 네가 덕질 하는 것도 좋고, 사소한 거에 기뻐하는 것도 좋고, 오늘처럼 맑은 날보다 환하게 웃는 것도 좋아. 3년 동안이나. 그래서 말인데…….."

설마, 설마. 지은은 입이 다물어지지 않았다. 이게 말로만 듣던 남사친의 고백인가? 무려 3년이나 친구였는데? 갑자기 모든 게 거북해지기 시작했다. 민준이 싫다는 건 아니었다. 예고도 없이 찾아온 이 상황을 받아들이기가 어려웠다. 준비할 틈도 주지 않고 갑자기 심장에 체리 폭탄을 투하하면 어쩌나.

손님을 맞이하기 전에는 마음의 방을 청소해 둘 필요가 있었고, 미리 옷을 갈아입고 준비도 하고 싶었다. 이렇게 갑자기 문을 두드리는 건 반칙이었다.

덜컥 겁이 났다. 오랜 친구를 잃을지도 몰랐다. 앞서 나가는 행동처럼 보일지라도 이 상황을 막아야만 했다.

"나, 나도 네가 좋지! 근데 친구들도 너 되게 좋아하더라. 소개해 달라고 하던데 받아 볼 생각 있어?"

마음에도 없는 말이었다. 이런 상황은 교과서에서 배운 적이 없었다. 속으로 아차 싶었으나 이미 민준의 얼굴은 티가 날 정도로 구겨져 있었다.

"소개?"

"어…… 응. 소개."

민준이 멋쩍게 뒷덜미를 긁적였다. 분명 웃고는 있었으

나 행복해 보이지는 않는 얼굴이었다. 지은은 미안했다. 급작스레 심장을 두드리는 상대의 진심에 문을 열어 줄 용기가 나지 않았다.

지은의 반응은 무척 당연하게도 민준에겐 상처였다.

"야, 홍지은."

성까지 붙여서 이름을 불렀다. 둘 중 하나였다. 매우 화가 났거나, 몹시 화가 났거나. 지은은 또 한 번 겁이 났다. 원체 겁이 적은 성격임에도 지금 상황에서는 긴장을 놓을 수가 없었다.

민준이 지은의 겁먹은 얼굴을 보았다. 방금까지만 해도 기뻐하던 얼굴이었는데 본인의 말 한마디로 인해서 불쌍한 토끼가 돼 버렸다. 민준은 지은의 솔직함을 어쩔 수가 없었다. 김이 팍 새는 듯이 허탈하게 웃어 버렸다.

"다 너랑 똑같을 거 아니야. 한 트럭으로 줘도 싫거든?"

자신의 감정을 농담에 희석했다. 커다란 물통에 파란 물감 한 방울 떨어트린다고 해서 물이 푸르게 변하는 것은 아니지만.

지은은 그제야 안도의 숨을 쉬었다.

"아니거든. 친구들 다 괜찮거든?"

"네가 좋아하는 아이돌에 비해서 내가 그렇게 많이 딸리냐?"

"……."

"하하…… 됐어. 당연한 걸 물어봤네."

민준이 시계를 보았다. 아직 함께할 수 있는 시간은 충분했다.

"오늘 약속이 있어서 먼저 가 볼게. 넌 천천히 있다 가."

하지만 지은을 더 불편하게 만들고 싶지 않았다. 사실은 오늘 대화가 잘 풀린다면 공원 산책이라도 하고 싶었으나 소용없는 일이 됐다. 3년이나 누군가를 홀로 좋아한 민준은, 무척 당연하게도 마음을 강요하는 사람이 아니었다.

좋아하는 사람을 위해 먼저 자리에서 일어났다.

"누구 소개해 준다는 말은 앞으로 하지 마."

"미안……."

"내가 여태껏 여자 친구가 없었던 이유는 내 의지였어."

"그렇구나……."

"그냥 알아줬으면 해서 그래."

민준이 지은의 어깨를 가볍게 두드렸다. 생일 축하한다는 말만 한 번 더 남긴 뒤 그대로 카페를 나갔다. 지은은 본인이 졸지에 오랜 친구의 마음을 짓밟은 것 같아 미안했다.

심정이 복잡했다. '그래서 말인데' 이후의 말을 잘라먹긴 했지만 분명 고백이었다. 듣는 순간에는 자리에서 도망치고 싶을 정도로 거북했는데 막상 뒷모습을 보니 심장 한 구석이 허전했다. 직접 거절 의사를 내비쳐 놓고도 기분이 이상했다. 심장에 구멍이 뚫린 것 같았다. 정말로 둘 사이의 관계에 종지부를 찍는 느낌이었다. 한편으로는 민준이 밉기도 했다.

'미리 눈치라도 좀 주던가!'

생각해 보면 민준은 이유 없이 자신에게 늘 잘해 줬다. 한 번도 그 감정에 노력이 깃들어 있단 생각을 해 본 적이 없었다. 그러나 손안에 놓인 한정판 포토 카드를 본 순간 민준이 문 앞에 두고 간 체리 폭탄이 터져 버렸다. 추억 구석구석에서 달콤한 냄새가 났다.

어린 시절 매일 귤을 줬던 남자아이가 떠올랐다. 타인의 노력을 건네받는 건 매우 큰 행운임과 동시에 돈으로도 살 수 없는 기쁨이었다. 상대가 무엇을 좋아하는지 귀 기울이고 일일이 구해다 주는 일은 소중한 마음이니까. 오늘 지은은 민준의 마음을 덜컥 알아 버렸다.

'받아 줄 걸 그랬나. 괜찮은 앤데…….'

안타깝게도 후회란 녀석은 상습 지각범이기에 일찍 찾아오는 법이 없었다.

*

한번 알고 나면 절대 알기 전으로 되돌아갈 수 없는 것들이 있다. 대체로 그런 것들에는 가늠하기 어려운 힘이 있어서 당사자의 세계를 멋대로 바꿔 버린다. 민준의 마음을 알아 버린 뒤 지은의 마음도 원치 않게 바뀌어 버렸다.

연락하는 일이 예전처럼 편하지 않았다. 그것은 계속 신경이 쓰인다는 의미기도 했다. 생일 전까지 주고받았던 메시지를 몇 번이나 읽었다. 혹시라도 들킬까 봐 비행기 모드로 몰래 복기했다. 지난날을 돌아보면 돌아볼수록 심장이 뛰었다. 돌이켜 보니 다른 여자들을 대할 때와 자신을 대할 때가 분명 달랐다.

언젠가 이런 대화를 나눴었다.

"너 인기 많더라? 알바하다 보면 번호 많이 물어봐?"

"응."

"그러면 매번 줘?"

"아니."

"왜?"

"그냥 네 아이돌 타령이나 듣는 게 더 재미있어."

"그럼 이번에 세븐시티즈 컴백한 거 볼래? 너도 입덕 해라."

"너 진짜 한결같다."

민준은 세븐시티즈가 몇 명인지는 끝까지 못 외웠지만 지은의 최애 이름만큼은 기억했다. 지은이 입술이 바싹 말라 갈 때까지 칭찬하면 그럭저럭 동조해 주기도 했다. '이 사진 좀 멋있음.' 먼저 최애의 사진을 캡처해 전송하기도 했다. 관심이 없어도 상대가 좋아하는 일에 동참해 주기 위해 최선을 다했다.

본인을 좋아해 주는 많은 여자를 제쳐 두고서.

그때마다 지은은 같은 취미를 공유해 주는 게 고마웠지만 그것이 어떤 감정인지는 알지 못했다. 단지 덕질을 이해해 주는 좋은 친구고 함께 있으면 재미있다고만 생각했다. 그저 다음 주에도 그다음 주에도 만나서 대화를 나누고 싶다며 소망했을 뿐이었다.

아이돌에 관한 것뿐만이 아니었다. 나란히 길을 걸으면 민준은 늘 차도 쪽으로 걸었다. 지은이 배가 고프다고 하면 '그러니까 살이 찌지.' 하며 툴툴대면서도 간식을 챙겨 줬다. 매우 사소했지만 그 사소함을 3년간 보여 주는 일은 절대 쉽지 않았다. 타인에게 그렇게나 꾸준히 친절한 사람은 없으니까.

떠올리면 떠올릴수록 부정하던 정답이 확실해졌다.

과거엔 없었던 감정이 몰려왔다.

'내가 특별한 사람이었단 걸 알아 버리니까 나한테도 걔가 특별해졌네……'

민준의 연락은 눈에 띄게 줄어들었다. 이런 게 말로만 듣던 밀당이라면 끔찍했다. 이제야 연락을 기다리게 됐는데 오히려 연락을 끊어 버리다니. 애가 탔다. 고백을 거절한 일 때문에 상처를 받은 걸까 신경이 쓰였다. 지난날을 생각하면 뿌리를 알 수 없는 기쁨이 몰려왔다. 그러다 연락 없는 지금을 자각하면 심장이 돌덩이에 짓눌리는 것 같았다. 이 돌은 스스로 치우지 못했다. 오직 민준만이 치워 줄 수 있었다. 사랑은 아무리 능동적인 사람이라도 혼자서 이뤄 낼 수가 없는 마음이었다.

어떤 일이든지 진심이 없으면 쉽다. 그러나 진심이 들어
간 순간부터는 간단한 일도 어려워진다. '뭐 해?' 말 한마
디 떼는 게 어려웠다. 평소에는 아침부터 울렸던 휴대폰이
오후까지도 조용했다.

학교에서 부쩍 웃음기가 사라진 지은에게 나경이 다가
왔다. 교복 셔츠 안으로 보이는 목걸이를 보고 말했다.

"선물 받았어?"

지은은 펜던트를 만지작거렸다.

"응."

"예쁘다. 그 카페 알바가 준 거지?"

"응…….."

"아무리 친하다고 해도 이렇게 네 취향에 딱 맞는 걸 사
줄 수가 있어? 걔가 너 좋아하는 거 아니야?"

당황스러웠다. 3년 동안 민준과 친밀하게 지냈음에도 지
은은 이제야 겨우 마음을 알았는데 나경은 목걸이를 본 순
간 바로 알아챘으니까.

아무것도 모르는 상태에서 뱉은 말일 수도 있겠으나 그
냥 지나칠 수가 없었다.

"생일마다 챙겨 준다는 게 좋아한다는 뜻이었을까?"

"꼭 그런 건 아닌데 자주 만나고 연락도 쭉 했잖아. 네가 먹는 금귤도 카페 알바가 준 거 아니야?"

"이건 카페에서 남는 재고라고 했어."

"재고든 뭐든 간에. 좋아하는 걸 챙겨 줬단 거잖아."

"응."

"넌 마음 없는 사람한테 그럴 수 있니?"

나경은 지은이 차마 눈치채지 못하고 넘겨 버린 마음들을 재차 짚어 주었다. 그리고 물었다. 다시 한번 민준의 연락처를 달라고 부탁하면 줄 수 있느냐고.

지은은 연락처를 주고 싶지 않았다. 나경과 민준을 비교해 보고 누구 하나가 모자라서가 아니었다. 어울리지 않아서도 아니었다. 그저 충동처럼 주고 싶지 않다는 마음이 뇌를 거치지 않고 심장에서부터 튀어나왔다.

"너도 사실은 좋아했던 거 아닐까? 네가 몰라서 그렇지."

믿을 수 없었다. 누군가를 좋아한다는 걸 모를 수가 있나? 바보도 아니고? 자타 공인 금사빠였다. 잘생긴 사람이라면 누구보다도 빠르게 좋아했다. 여태껏 몇 번이고 사랑에 빠졌다고 자부하는데 민준을 좋아한단 감정을 못 느낄 리가 없었다.

연예인을 좋아하는 마음과 곁의 사람을 좋아하는 마음. 두 감정은 같으면서도 달랐다.

"난 걔 안 좋아해."

"너 요즘 휴대폰만 보고 있는 거 알아?"

"그거야 연락이 뜸해져서 그냥 걱정돼서 그래."

"걱정하는 게 시작인 거 몰라?"

"내가 정민준을 좋아할 리가 없어."

그 말을 뱉은 순간 지은의 마음속에 거센 돌풍이 불었다. 부정에는 두 가지 종류가 있다. 뇌와 심장이 한뜻으로 외치는 부정. 그것은 정말로 NO의 의미다. 여지없이 확실했다. 하지만 때때로 뇌와 심장이 따로 외치는 부정이 있다. 뇌는 NO라 말하는데 마음이 대꾸하지 않는 경우다. 그때 심장은 엉뚱한 대답을 내놓기도 하는데, 이런 순간에는 얄밉게도 심장이 내리는 결정이 정답이 된다.

상대를 좋아하면서 절대 좋아할 리가 없다고 믿는 상태, 그건 입덕의 네 번째 조건이기도 했다.

나경이 히죽거리며 말했다.

"좋아하는지 아닌지 확실하게 알고 싶으면 스킨십을 해봐."

"뭐라고? 나를 경찰서에 보낼 셈이야?"

"상호 합의하에 가벼운 스킨십을 해 보라고. 누가 키스라도 하래? 스킨십이야말로 마음을 확인하는 데 확실한 척도라잖아?"

혼란스러웠으나 본인의 마음이 어떤 답을 내렸는지 제대로 파악하고 싶었다. 한참을 고민하다 지은은 용기를 내 메시지를 보냈다.

*

며칠 뒤 저녁, 민준이 지은의 집 앞에 찾아왔다. 둘은 오랜만에 얼굴을 마주했으나 분위기가 예전 같지 않았다. 지은이 쭈뼛거리며 운을 뗐다.

"섬머에서 만나도 되는데 왜 굳이 집 앞까지 왔어?"

"나 알바 옮겼거든."

"옮겼다고? 어디로?"

지은은 민준이 말도 없이 섬머를 그만뒀다는 소식에 서

운함을 숨기지 못했다.

"세화고 근처로."

"왜?"

"시급이 세."

"잘됐네……."

세화고 인근이면 학원과는 멀었다. 예전처럼 민준을 자주 볼 수 없다는 생각이 들었다. 어쩌면 이것 또한 고백을 거절한 대가일지도 몰랐다. 마음 한구석이 시큰해졌다.

"오늘 나 왜 불렀어?"

지은은 며칠간 많은 생각을 했다. 떠나보낸 기차에 손을 흔드는 일을 하게 될 줄은 몰랐는데, 지은은 이제라도 옳은 대답을 들려주고 싶었다. 다만 그 전에 한 가지 테스트를 해 봐야 했다. 정말로 민준을 좋아하게 된 건지 혹은 남사친의 고백을 듣고 마음에 잠시 오류가 생긴 건지 확인하는 일이었다.

지은은 자신의 애정을 종종 부정하는 편이었지만, 한번 확신하고 나면 숨기지 않았다. 덕질로 훈련해 온 나름의 장점이었다. 지은은 표현해 보기로 했다.

뜸을 들이며 침을 크게 삼켰다.

"나, 너 한 번만 안아 줘도 돼?"

하지만 표현에 능숙하진 못했다. 지은은 앞뒤 설명을 생략해 버리고 대뜸 본론부터 말해 버렸다. 사실은 이렇게 말하고 싶었다.

'생일 이후로 나도 너를 좋아하는지 아닌지 헷갈려. 내 마음을 알고 싶어. 괜찮다면 널 한 번만 안아 봐도 될까?'

그러나 설명이 잘려 나간 멘트는 민준의 심장에 비수처럼 꽂혔다. 민준은 오해했다. 좋아하는 걸 뻔히 알고 있으면서, 심지어 완곡하게 거절까지 해 버렸으면서 인제 와서 안아 '준'다니. 3년 동안 애달프게 좋아했던 상대에게 동정받는 기분이 들었다.

'포옹을 끝으로 마음을 정리해 달라는 뜻인가?'

민준에게 지은은 세상에서 가장 소중한 사람이었다. 그렇기에 지금의 말이 더욱 가슴 아팠다. 사랑이 거절당하다 못해 희롱당하는 기분이었다.

고백 이후 민준 역시 힘든 시간을 보냈었다. 지은이 몰랐던 감정과 조우하는 과정을 겪었다면 민준은 반대로 늘 곁에 두었던 감정을 외면하는 훈련을 했다.

민준은 고백을 거절당한 후 먼저 연락해 준 수정을 만났다. 수정은 지은과 달랐다. 외모도, 성향도, 모든 것이 달랐다. 그중에서도 자신을 좋아해 주는 모습이 가장 달랐다. 수정은 적극적으로 민준에게 다가왔다. 아직 지은을 좋아하는 마음이 컸기에 역설적으로 자신을 좋아해 주는 수정에 대한 고마움도 컸다.

오늘 저녁, 수정의 연락을 받고도 지은을 보러 왔지만 이제는 정리가 필요했다.

"안아 줘도 돼."

똑같은 문장을 두고도 둘은 전혀 다른 생각을 했다.

누군가는 사랑을 시작하려 했고, 누군가는 끝내려 했다.

지은이 기계처럼 뚝딱거리며 두 팔을 벌려 민준을 안았다. 정말로 나경이 말한 것처럼 가슴이 뛰었다. 상상으로 시뮬레이션한 것과는 견줄 수 없는 생동감이었다. 지은은 이제 확신했다. 민준을 좋아하는구나, 하고.

반면 민준도 두 팔을 벌려 지은을 감쌌다. 품 안에 있는 지은을 얼마나 안고 싶었는지 모른다. 그러나 드디어 안아 보는 순간, 민준은 깨달았다. 이것이 우리의 마지막이구나, 하고.

"지은아."

"응."

"나 여자 친구가 생길 것 같아. 너희 학교 다니는 유수정이라고 있어."

"어?"

"그래서 앞으론 연락 잘 안 할 거야."

민준이 지은의 머리를 쓰다듬었다. 그리고 가방에서 비닐 백을 하나 꺼내 지은에게 주었다.

"마지막으로 챙겨 주는 거야."

민준은 3년 동안 동고동락한 마음에게 작별 선물을 주고 돌아섰다. 마음이 아팠지만 민준은 행복해지고 싶었다. 한 사람을 치열하게 좋아하는 일이 필연적으로 행복해질 수 없는 일이라면 관두고자 했다.

"항상 건강히 지내. 감기 걸리지 말고."

지은은 한 품에 가득 찰 정도로 많은 금귤을 받았으나 고맙지 않았다. 달밤에도 별처럼 반짝이는 것들이 미웠다. 하지만 떠나는 민준을 붙잡을 수는 없었다. 눈물이 나려 했다. 제대로 된 덕질을 해 보기도 전에 상대를 포기하게 된 건 이번이 처음이었다. 좋아하는 아이돌의 열애 기사를 보는 일과는 비교가 안 될 만큼 가슴이 아팠다.

그 후로 몇 주가 지나 민준이 없는 섬머에 들른 지은은 뒤늦게 알았다. 금귤청에이드란 히든 메뉴는 없으며, 어떤 알바도 금귤을 보관해 놓지 않는다는 사실을. 지은은 펜던트를 만지작거리며 지나간 이별을 곱씹었다.

덕질과 짝사랑의 다섯째 공통점. '높은 확률로 이뤄지지 않는다.' 지은과 민준의 상호 덕질은 포옹을 끝으로 종료됐다.

*

이야기를 듣는 동안 하늘에는 슬슬 어둠이 깔리기 시작했다. 아직 8시는 되지 않았지만 벤치에 앉아 있기엔 바람이 차가웠다. 나는 두 팔로 상체를 감쌌다. 도현이 벗어 준 카디건이 살갗에 더욱 밀착됐다.

"도현아, 네 이야기 중에 신기한 포인트가 뭔지 알아?"

"뭔데?"

"내가 아까 말한 썸 타던 일곱 살짜리 지은이가 네가 말해 준 중앙여고 지은이야. 세상 참 좁네."

"우아, 진짜로?"

나는 도현을 향해 신기하다는 듯이 눈을 반짝였고 도현도 마찬가지였다. 오늘의 대화가 없었다면 이 사실은 발견하지 못했을 거다. 우리 둘 사이에 얇은 연결 고리가 하나 추가됐다. 관계를 순식간에 당겨 올 정도로 강력한 연결 고리는 아니었지만 왠지 운명이 희한한 접점을 만들어 주며 사이를 더 좁혀 주고 있다는 생각이 들었다.

세계의 귀퉁이가 한 칸씩 겹쳐질 때마다 도현의 색이 내 마음에 스며들었다. 이런 우연들이 자꾸만 추가되다 보면 언젠간…….

불시에 바람이 불었다. 찬 바람이 머리카락 사이를 파고들며 두피를 시원하게 식혔다. 혼자서 애먼 생각을 했다는 게 부끄러워 귀 끝이 살짝 달아올랐다. 괜히 추운 척을 하며 품을 더 깊게 감쌌다.

도현이 나의 몸짓을 보고는 물었다.

"춥지?"

"조금."

"한 바퀴 돌까? 걸으면 덜 추울 것 같아."

"그러자."

초가을의 해는 아직 길었지만, 슬그머니 찾아오는 저녁

을 막진 못했다. 해와 달이 하늘을 뺏기지 않으려 공존하는 시간, 곁에 선 도현의 키가 부쩍 크게 느껴졌다. 바람을 덜 맞는 느낌이었다. 아마도 그건 단지 도현이 나보다 크기 때문만은 아닐 거다.

한 걸음을 내디딜 때마다 박자라도 맞추는 듯 가로등이 하나씩 켜졌다. 불빛 아래로 잔 벌레 떼가 날아들었다. 도현은 벌레가 내려오지 못하게끔 머리칼을 이리저리 흔들었다. 내 쪽으로 날아오려는 벌레들도 함께 쫓아 줬다. 우리는 다시 눈이 마주쳤고, 자연스럽게 이야기를 마저 이어 갔다.

"민준이란 친구는 수정이랑 사귀는 거야?"

"사귀었어."

"과거형이네?"

"일주일도 못 가서 헤어졌거든."

"왜?"

"사랑을 사람으로 대체할 수가 없더래."

"으악, 오글거려."

"민준이가 직접 해 준 말이야."

사람의 마음은 방과 같다. 치열한 경험을 끝낸 후에는 깔끔히 정리해 두어야 한다. 어지럽게 마음을 방치해 두면 새 경험을 넣을 곳도, 손님을 초대할 곳도 없다. 민준은 마음에서 지은을 내보내지 못한 채로 그저 잊기 위해 수정과 연애를 시작했으나 그건 기나긴 사랑을 과소평가한 선택이었다.

풋사랑, 시간이 지나도 사랑이 내뿜는 풋내는 지우지 못한다.

"민준이가 지은이를 좋아하고, 뒤늦게 지은이가 민준이를 좋아하게 된 거면 이제라도 사귀면 되지 않아?"

"타이밍이란 게 생각보다 중요해."

"내가 지은이한테 한번 말해 봐야겠어. 지금이라도 잘해 보라고."

"내버려 둬. 우리 아빠가 그러셨는데 절대 엮이지 말아야 하는 일이 세 가지 있대. 돈 문제, 동네 싸움, 그리고 사랑! 당사자가 처음부터 끝까지 알아서 해결하는 것이 베스트."

사랑이란 참 얄궂다. 좋아하는 마음이 있어도 무조건 이뤄지지 않는다. 심지어 3년이나 좋아해도 타이밍이 엇나가면 연인이 될 수가 없다니. 대체 사랑은 누가 만든 걸까?

신이 있다면 인간에게 왜 사랑이란 감정을 준 걸까?

분명해. 사랑은 신의 장난감이다. 우리는 막대 끝에 달린 공을 향해 달려가는 고양이처럼 신의 뜻대로 놀아나고 있다.

카디건을 벗어 준 탓에 도현도 추웠는지 내 곁에 가까이 붙어 걸었다. 팔뚝이 자꾸만 스쳤다. 차가운 저녁 공기가 도현의 체온을 더욱 생생하게 전달해 주었다.

도현은 스침을 피하지 않고 물었다.

"어렵다. 혹시 짝사랑이 아니라면 쉽게 이어지려나?"

나는 그때 반장 '연아'가 떠올랐다. 안타깝게도 도현의 질문에 NO라는 대답을 해 줄 타이밍이었다.

"도현아, 너 연아도 썸 탔던 거 알아?"

"고연아? 걔 공부밖에 모르는 애 아니야?"

공원의 굽이진 길을 따라 걸으며 또 다른 사랑을 떠올렸다. 도현은 대화를 듣는 중에 자주 나를 바라보았고, 우리의 시선은 더욱 가까워졌다.

2 + 98 = 1

고연아에겐 프라이드가 있었다.

1년에 1억 이상 버는 부모 밑에서 태어났다는, 수년 전부터 줄곧 반장을 맡아 왔다는, 반에서 1등이라는, 얼굴이 예쁘다는, 사교성이 좋다는……. 그래서 타인과의 비교에서 항상 우위를 선점했다. 연아는 뒤처지지 않았다. 프라이드는 근거 없는 자만이 아니었다. 그러므로 연아는 말끝을 흐리지 않았고 가장 싫어하는 것은 '모호함'이었다.

하지만 하늘 아래 그 어떤 인간도 완벽하지는 않기에 연아에게도 불만족스러운 점이 있었다.

고등학생이 된 후 늘 전교 2등이었다. 3등으로 살던 학생에게 2라는 숫자는 축복이겠지만, 중학교 3년 내내 1등을 지켜 왔던 연아에게 '2'라는 숫자는 불행이었다. 전교 1

등 자리를 지키고 있는 5반의 서율에게 늘 패배했다. 연아의 프라이드는 숫자에 근간을 두고 있었다. 기말고사에선 서율을 꺾어야만 했다. 더 이상 '2'라는 숫자를 쥐고 있기는 싫었다.

연아의 엄마는 2라는 숫자를 가혹하게 질타하는 부모는 아니었다.

다만 한 번도 꺾어 본 적이 없는 언니 현아와 꾸준히 비교할 뿐이었다.

"현아는 이번에도 전교 1등이더라. 기말에는 언니만큼 할 수 있겠어?"

"응."

"언니랑 너에게 들이는 돈이 똑같다는 걸 명심해야 해."

"응……."

한 살 터울인 현아는 연아보다 딱 한 뼘만큼 잘난 존재였다. 1과 2. 그 한 칸의 차이는 마치 수직으로 세워진 만리장성 같아서 아무리 뛰어넘으려 해도 넘을 수가 없었다. 연아의 엄마는 대학교수였고 아빠는 의사였다. 그들의 눈에는 연아의 노력이 썩 멋져 보이지 않았다. 본인들도 어린 시절 그 정도는 해 왔다 믿기에 졸린 눈을 뜨고자 책상에 이마를 찧는 연아의 고통을 알아주지 않았다.

"삼당사락(三當四落)이란 말 알지? 나 때는 샤프로 허벅지를 찌르면서 공부했어."

아빠는 숫자의 세계에서 허우적거리는 딸의 자그마한 뒤통수를 쓰다듬어 주며 격려를 보냈다. 3시간 자면 붙고 4시간 자면 떨어진다고.

집과 학교는 모두 숫자로 만들어진 세계였다. 가치를 증명하려면 더 멋진 숫자를 가져야만 했고 그 숫자를 손안에 쥐어야만 남들보다 좋은 대우를 받는 게 가능했다. 달아날 곳이 없었다. 아니, 있어 봤자 그곳으로 갈 방법은 몰랐다. 그러니까 반드시 전교 1등이 돼야만 했다.

연아는 어느 순간부터 질식이란 단어마저 무감각하게 느껴졌다. 아가미를 잃어도 죽지 않고 숨을 쉬는 물고기처럼 연아는 어두컴컴한 물속에서 버티는 법을 익혔다. 그것은 진화보다는 생존에 가까웠고 또 다른 말로는 '인내'이기도 했다.

그래서 연아에게 이번 학급 자리 편성은 청천벽력 같은 소식이었다.

사건은 6월 모의고사가 끝난 후, 아침 조례 시간에 발생

했다. 그날따라 담임은 자애로운 교사보다는 아침의 피곤이 찌든 공무원으로 보였다. 마른세수 후 기지개를 켠 다음에야 교사의 모습으로 낯빛을 가다듬었다.

담임이 전자 칠판에 웬 이미지 파일을 하나 띄웠다.

"자, 연하가 전학 가서 한 자리가 빠진 김에 자리 배치를 선생님이 랜덤으로 만들었어. 지금부터 이대로 앉아."

"아아, 귀찮아요. 쌤."

반에서 분위기 메이커 역할인 정우가 가장 먼저 반기를 들었지만 소용없었다.

"10분 안에 자리 이동, 실시."

"우우!"

정우의 외침에 힘입어 18세 청소년들은 어른에게 보여 줄 수 있는 최대한의 야유를 보였다. 그러거나 말거나 담임은 퀭한 눈을 도르르 굴리며 자리 이동을 독촉했다. 담임의 고집에는 이유가 있었다. 연아가 전교 2등인 것과 상관없이 1반의 성적은 전체 여덟 학급 중에서 7등이었다. '꼴찌는 아니니까 괜찮아.'라며 대수롭지 않게 여길 수도 있지만 담임은 나름대로 직장 생활에 열의가 있었다. 학급 아이들의 성적을 향상시키고자 밤새도록 자리 배치를 고

심했다. '랜덤 배치'라는 건 치열한 열정을 숨기기 위한 선의의 거짓말이었다.

1반엔 유독 '포텐셜' 학생들이 많았다. 가능성은 있지만 무슨 이유에서인지 성적이 정체된 아이들을 뜻했다. 이런 학생의 경우 좋은 방향으로 물꼬만 틀어 준다면 성적을 크게 향상시킬 수 있었다. 상위권에 배치된 '리딩' 학생들을 포텐셜 학생들 인근에 배치하여 자연스러운 시너지 효과를 노릴 셈이었다.

하지만 연아에게는 별로 좋지 않은 상황이었다. 그나마 반에서 자신 다음으로 공부를 잘하는 혜리와 짝이었는데 졸지에 98등인 정우와 짝이 됐기 때문이다. 전교 2등이 98등과 짝을 해서 이득 볼 게 무엇이 있겠는가. 혜리처럼 필기를 잘하지도, 모의고사 오답 노트를 공유해 주지도 않는 녀석이었다.

학급 반장이라는 감투를 쓴 연아는 우선 담임의 지시에 적극 협조하며 자리를 옮겼다. 그리고 1교시 쉬는 시간이 되자마자 쪼르르 교무실로 향했다.

"선생님. 아침에 많이 피곤하시죠옹."

연아는 아쉬운 말을 해야 하는 순간이면 언제나 말의 어미에 이응 받침을 붙여 말했다. 분위기를 부드럽게 이끌되 해야 할 말을 모두 다 하고야 말겠다는 의지가 깃든 전략이었다. 얼굴이 반쯤 굳어 버렸음에도 최선을 다해 미소를 짓는 노력 또한 잊지 않았다.

담임은 연아가 내민 캔 음료를 모른 척 받아 들고는 미소로 화답했다.

"응, 그래. 무슨 일이야?"

"다름이 아니고용. 이번에 새로 바꾼 자리 말인데용."

"응, 말해."

"자율 좌석으로 앉는 게 더 좋지 않을까 해서용. 기말이 곧이라 애들이 다 예민한데 자리까지 바뀌니까 힘들어하는 거 같아서용."

"아침에 바꾼 건데 벌써 힘들대?"

"제가 반장이니까 미리 의견을 알려 드리려고 온 거예용."

연아는 본인이 가진 지위를 알차게 이용할 줄 아는 학생이었다. 연아는 반 아이들에게 헌신하기 위해 굳이 반장이된 게 아니었다.

그러나 영악한 학생들은 많았다. 담임은 연아의 속내를

눈치채고도 눈살을 찌푸리지는 않았다.

"정우가 혹시 불편하니?"

"아니용. 그냥 반 전체의 입장에서 말씀드린 거예용."

"연아가 반장이니까 애들이 불만을 표현하더라도 잘 중재해 주고 도와줘. 자율적으로 앉았더니 학습에 어려움을 겪는 친구들도 있어서 그래."

"김정우라면 학습에 문제없는데요."

"반 전체 입장에서 말한 거야. 혹시 정우가 싫어?"

담임에게 연아는 득이 되면 득이 되는 학생이지 결코 해를 끼치는 학생이 아니었다. 집안 좋고, 성적 좋고, 학급에 협조적인 반장. 어디 하나 빠질 게 없는 아이였다. 그런 연아가 지금 자리가 마음에 들지 않는다고 무려 교무실까지 찾아와 강력히 의사를 피력하고 있다. '원래대로 혜리랑 짝하고 싶다고요!' 들리지 않는 아우성이 고막에 닿았음에도 담임은 연아의 뜻을 외면했다.

특출 난 학생만 빛나는 학급보다는 공생하는 학급을 원했다. 1반에선 유독 그 모습이 보이지 않았다. 비록 하루에 1시간도 채 만나지 않는 담임이라지만 학급의 성적 편차에 반장이 큰 몫을 하고 있다는 걸 모르지 않았다.

연아가 은연중에 성적으로 아이들을 차별한다는 건 들키기 쉬운 특성이었다.

"선생님은 연아가 학급을 잘 이끌어 줄 거라고 믿어."

담임은 가방에서 본인이 먹으려고 구매해 온 비스킷을 쥐여 주며 호소했다. 담임은 반장인 연아에게 공부뿐만 아니라 더 많은 것을 가르쳐 줄 의무가 있었다. 어떤 교육은 학생의 욕망을 외면해야만 실현되기도 했다.

'짜증 나, 꼰대 담임.'

연아가 비스킷을 받고는 아랫입술을 살짝 깨물었다. 억지로 허리를 숙여 '감사합니다.'라고 대답했으나 속으론 감사는커녕 '장난하나요?'라고 되묻고 싶었다. 기싸움에서 패배한 끝에 별수 없이 반으로 돌아가야만 했다.

생각만 해도 열이 뻗쳤다. 98등이든 99등이든 연아와 다를 바가 없는 똑같은 학생이었지만 아무튼 싫었다. 만약 기말고사에서 등수가 조금이라도 떨어진다면 득달같이 엄마에게 울분을 토해서 담임을 가만두지 않겠다고 다짐했다.

최대한 정우와는 선을 긋고 지내자고 되뇌었다.

하지만 인간관계는 다짐만으로 되는 게 아니었다.

5교시는 영어 수업이었다. 앞자리 아이들은 졸음과 싸우고, 뒷자리 아이들은 장렬히 패배해 버리는 나른한 시간이었다. 연아는 한창 필기에 열을 올리는 중이라 잠이 올 틈이 없었다.

선생님이 잠든 아이들을 깨우기 위해 물었다.

"세 번째 문단 인용구 'The present has no ribbon, your gift keeps on giving.' 해석해 볼 사람?"

비교적 쉬운 문장이었다. 영어 선생님은 발표를 하면 태도 점수에 곧잘 반영해 주곤 했다. 연아가 망설임 없이 손을 들어 발표했다.

"선물에는 리본이 없고 당신은 계속 받고 있다는 뜻입니다."

"흠. 직역 말고 의역을 해 볼 사람?"

잠과 치열히 싸우고 있는 아이들의 귀에는 선생님의 말이 들리지 않았다. 그나마 혜리가 말짱히 깨어 있었지만, 발표에 적극적인 편이 아니었다.

그때 정우가 손을 들었다.

"현재는 리본이 없는 선물이고 늘 우리에게 주어진다는 뜻입니다."

"오! 잘했어. 정우 7번이지?"

영어 선생님은 출석부에 발표 점수를 체크하고 수업을 이어 갔다.

수업 시간에는 비행기 모드를 켠 듯이 조용하던 정우가 대뜸 발표하고, 정답까지 말하자 연아는 놀란 기색을 감추지 못했다. 정우는 반에서 가장 활발한 학생이었으나, 선생님을 웃게 하는 학생은 아니었다. 연아는 정우를 학급의 텐션을 띄워 주는 광대 정도로만 취급했다. 그런데 광대에게 본인이 받아야 할 점수를 뺏겼다. 질투와 호기심이 섞인 모호한 감정을 느꼈다.

모호함, 가장 싫어하는 것이기에 당장 뱉어 버려야 했다. 영어 수업이 끝나자마자 친근한 말투로 물었다.

"오늘 웬일로 발표했어?"

정우가 얇은 안경테를 치켜올리며 연아를 바라보았다. 반장과 광대, 둘의 존재감은 학급 누구와 견주어도 뒤처지지 않았으나 교류가 적었기에 얼굴을 마주 보는 일은 거의 처음이었다.

"좋아하는 팝송 가사였거든."

정우가 연습장에 노래 제목과 가수 이름을 적어서 보여

주었다. 내친김에 다음 가사도 쭉 적어 내려갔다. 연아는 영어 성적이 좋지 않은 정우가 완벽한 문장을 단박에 써 내려가는 모습을 보고 눈이 번뜩 뜨였다.

"팝송 자주 들으면 영어 공부에 도움 돼?"

정우는 안경 너머로 야무진 표정을 짓고 있는 연아를 보았다. 질문을 어떻게 받아들여야 할지 난감했다. 그저 음악이 좋아서 팝송을 듣는 건데 공부에 도움이 되냐니, 더군다나 영어 성적이 늘 60점을 넘지 못하는 자신에게 말이다. 하지만 못 들은 척 무시할 순 없었다. 연아의 얼굴에는 전혀 몰랐던 것을 발견한 과학자처럼 학구열이 넘쳤다. 정우는 얼떨결에 고개를 끄덕거렸다.

후의 영어 수업에서도 정우는 문법 문제는 다 틀려도 관용어를 해석하는 건 제법 잘했다. 특히 가사에서 본 적이 있는 문장은 절대 잊지 않았다. 평상시에는 몰랐던 정우의 장점이었다. 연아는 혼자서 생각했다.

'이제부터 등하굣길마다 팝송 들으면서 영어 실력을 올리겠어.'

데면데면하게 지내려고 마음먹었지만, 영어 시간만큼은 친하게 지내도 괜찮겠다는 결심이 섰다. 정우를 향해 그어 둔 마음의 선을 살짝 흐리게 만들었다.

팝송을 좋아하는 소년은 학업에 소질이 없었지만, 대인 관계에는 제법 능숙했다. 정우는 반에서 공부를 제일 잘하는 연아와 짝이 된 김에 친해지자고 마음을 먹었다. 퀘스트를 달성하듯 어려운 상대와도 친구가 된다면 무척 뿌듯할 것 같았다. 딱히 궁금하진 않지만 화작이나 사탐, 내친김에 수학 문제까지 몽땅 물었다.

처음에 연아는 온갖 질문을 던져 대는 정우의 일방적인 친한 척이 거북했다. 프시케에게 아름다움을 나눠 주던 페르세포네처럼 지식을 무료 나눔 해야 한다니. 상대가 98등이라 견제할 필요는 없었지만 성가셨다. 하지만 본인은 반장에 성격이 제법 좋은 이미지며 정우는 학급에서 소위 인싸로 분류되는 광대였다. 가르쳐 주지 않고 거절하면 뒷말이 나올지도 몰랐다.

성가심을 무릅쓰고 광대 따위인 녀석에게 시혜를 베풀어야 본인의 이미지를 잃지 않았다.

"자, 이렇게 풀면 돼."

"넌 이런 문제도 어떻게 다 풀어? 진짜 똑똑하다."

"공식만 알면 돼. 내가 대단한 게 아니라."

"아냐. 너 진짜 천재 같아. 너랑 하루만 머리 바꿔 보고 싶다."

네 머리통이랑 내 머리를? 끔찍한 소리 하지 말라고 연아는 속으로만 생각했다. 매번 정우의 무지함에 혀를 내둘렀다. 반면 정우는 질문을 할 때마다 성가셔하는 연아의 속내를 읽었음에도 서운함을 티 내지 않았다. 대신에 기브 앤 테이크를 기억했다. 연아가 문제를 하나 가르쳐 주면 연아를 신처럼 대우해 줬다.

"쌤보다 네가 더 잘 가르치는 거 같아."

"아냐."

"어떡하면 너처럼 공부를 잘할 수 있어?"

"오버하지 마."

연아의 친구들은 아무도 묻지 않는 모의고사 2점짜리 문제였다. 그런 문제를 가르쳐 줬음에도 정우는 연아에게 엄지를 치켜올렸다. 매점에서 간식을 사 오면 연아의 몫을 챙겨 주기도 했다. 연아는 조금 어이없었다. 얼마나 공부를 안 했으면 고작 이런 문제 따위로 고마워하는지 말이다.

하지만 칭찬은 고래를 춤추게 하고, 사람이라면 누구나 마음속에 고래를 한 마리쯤은 품고 있다.

연아는 점점 공부를 도와주는 일에 재미가 붙기 시작했다. 일단 빵이나 음료 같은 물질적 보은이 따라오는 점도 있었고, 정신적인 보상이 상당했다.

  남들도 겉으론 전교 2등인 연아를 칭찬했지만, 그 가벼운 칭찬을 한 꺼풀 벗겨 내면 치열한 견제가 숨어 있었다. 숫자의 세계에선 아군이 곧 적군이었다. 서로를 꺾어야만 더 높은 곳으로 올라가기에 웃으며 과자를 나눠 먹는 순간에도 부정하지 못할 적개심이 있었다.

  숫자가 가까울수록 경쟁은 치열해진다. 거리가 먼 숫자와는 경쟁이 일어나지 않는다. 98과 2는 너무나 멀었다. 즉, 둘은 상호 무견제 상태였다. 정우에게 뭔가를 가르쳐 주는 순간만큼은 귀찮을지언정 이것저것 재고 따질 필요가 없었다. 괜찮은 문제집과 스터디 카페를 공유해 주고, 도움 되는 인강을 얼마든지 알려 줄 수 있었다. 그래 봤자 숫자의 세계에서 98은 절대 2의 근처까지 올 수 없기 때문이다. 결과적으로 연아는 정우에게 친절함을 유지하는 일이 가능했다.

  그러나 정우는 숫자의 세계에서 살지 않았다.

  "연아야. 집에 가면 보통 몇 시까지 공부해?"

"새벽 2시쯤?"

"안 피곤해?"

"습관 돼서 괜찮아."

"너 학교에서 크게 웃는 걸 본 적이 없는 것 같아."

"내가 무슨 기계인 줄 아니."

"그래서 너한테 딱 맞는 드립 하나 준비했어. ask and go to the blue가 무슨 뜻인지 알아?"

"물어본 다음에 블루로 가시오?"

"아니. 묻고 떠블루 가!"

"…… 진짜 재미없다."

"입꼬리 씰룩거렸어."

"이건 어이가 없어서야."

"어쨌든 웃었음."

정우는 타인을 즐겁게 해 주고 싶었다. 인터넷에서 본 우스꽝스러운 영상을 따라 하거나 교실 뒤편에서 친구들과 엉망진창으로 망가지기도 했다. 연아는 종종 뒤를 돌아보며 웃었다. 정우는 연아가 자신을 은근히 무시하는 걸 알고 있었지만 상관없었다. 으레 우등생 친구들에게는 그렇지 않은 아이들에게 보내는 어떠한 '시선'이 존재했고 정우는 그 시선이 익숙했다. 정우는 그 시선을 희석하기 위해 광대가 되길 자처했다.

'쟤는 공부를 못해서 쓸모가 없어.' 대신에 '쟤랑 같이 있으면 재미있어.'라는 평가를 받기 위해서였다. 남을 웃겨 줄 때마다 희열을 느꼈다. 종종 본인의 등수까지 유머 소재로 활용했기에 정우가 98등이란 건 모르는 학생이 없었다. 스스로를 깎아서라도 웃음을 주려는 마음, 그건 타인을 향한 순수한 이타심은 아니었다. 타인의 미소가 있어야만 자신의 존재 가치가 증명됐으니. 그 순간의 보람과 성취야말로 광대를 살게 하는 동력원이었다.

정우는 연아와 짝을 하는 동안 트러블 없이 즐겁게 지내고만 싶었다. 연아여서가 아니었다. 어떤 아이들이라도 마찬가지였다. 친구들은 정우가 ENFP라 그렇다며 짤막한 평가를 남기기도 했지만, 정우는 자신의 MBTI가 무엇인지 모르던 순간에도 늘 그랬던 사람이었다.

'고연아는 칭찬에 익숙하지 않은 타입. 그러니 더 해 주자.'

광대에게도 눈과 귀가 있으며 머리와 심장도 당연히 있었다. 정우는 연아를 즐겁게 해 줄 방법을 느린 속도로 체

득해 갔다. 우연히도 두 사람의 세계는 서로를 무너뜨리지 않으면서 공존이 가능했다.

정우는 쉬는 시간에 연아와 혜리가 캐릭터 스티커에 관해 얘기하는 걸 들었다. 한창 유행 중인 캐릭터 빵을 구매해야 얻을 수 있는 스티커였는데 교내 매점에 얼마 입고되지 않아 얻기 매우 어려웠다. 연아는 갈 때마다 품절이라며 한탄했다. 그때 정우는 로봇 모범생 같은 반장에게도 공부 이외에 관심 있는 게 존재한다는 점이 신기했다.

이후 수업이 끝나자마자 정우가 연아에게 말했다.

"같이 매점 갈래? 이 시간에 빵 들어오는데."

연아는 심드렁한 얼굴로 쳐다보더니 이내 노트로 고개를 돌렸다.

"어차피 가도 못 사. 경쟁이 치열해서."

"아냐. 난 벌써 다섯 개나 사 봤는데?"

"무슨 수로?"

"따라와 봐."

정우의 얼굴에 장난기와 당당함이 섞여 있었다. 연아는 뭘 믿고 큰소리를 치는지 흥미가 생겨 정우를 따라 매점으로 향했다.

빵 입고 시간에 맞춰 학생들이 눈치를 살피며 대기 중이라 매점 앞은 혼잡했다. 직원이 진열을 시작하면 재빨리 집어 가려고 모두 시동을 걸고 있었다. 연아는 어차피 빵을 못 살 걸 알기에 온 김에 무슨 음료를 살지나 고민했다.

직원이 박스에서 빵을 꺼내 진열하는 순간 학생들이 무질서하게 뒤엉키며 돌진했다. 자판기 앞에서 그 광경을 보던 연아는 자신도 모르게 비명을 질렀다. 그 혼란 속에 정우가 있었다. 어깨를 요리조리 접으며 인파 안으로 비집고 들어가 가판대 앞으로 팔을 뻗었다. 신기하게도 3학년이 집은 빵은 건드리지 않고 1학년이 집어 가려는 빵만 골라 휙 낚아챘다. 꼭 자아가 있는 인형 뽑기 집게 같았다.

"아 씨, 내가 먼저 잡았는데……."

"아 씨?"

"아뇨……."

정우는 우쭐하며 연아에게 빵을 건넸다. 반에서는 그저 광대일 뿐인 녀석이었는데 후배들 앞에서는 한껏 폼을 잡았다. 초코 빵이라는 귀여운 물체와 어울리지 않는 허세였다. 연아 앞에서는 한 번도 보이지 않던 모습이었다.

매점에선 다들 자기 몫만 사기 바쁜데 광대가 치열한 경

쟁을 뚫고 빵을 대령하다니, 연아는 순간 특별한 사람이
된 것 같았다. 몇몇 후배들의 흘겨보는 시선이 싫지 않았
다.

대접받는 기분이었다.

"먹고 싶으면 말해. 나 잘 뚫어."

"사 달란 말은 안 했는데……."

"스티커 갖고 싶다고 한 거 들었어."

"너 되게 좋은 애다."

"나?"

"응, 너."

정우가 히죽히죽 웃으며 뒤통수를 긁적였다. 바보로만
보였는데 팝송을 좋아하고 후배들 앞에서는 폼도 잡을 줄
아는 녀석. 연아는 눈앞에 서 있는 정우가 더 모호해졌다.
제법 다양한 면을 가진 상대였다.

모호함이 싫지 않은 첫 순간이었다.

*

며칠 뒤 석식을 먹고서 연아가 먼저 말을 걸었다.

"알려 준 팝송 플리 좋더라. 영어 듣기에 도움 되더라고."

정우는 그 순간 연아의 세계에 '허가'를 받은 느낌이 들었다. 자기 세계에 들어와 교류해도 좋다는 허가 말이다. 정우는 무척이나 기뻤다.

"다른 것도 추천해 줄게! 이모셔널 오렌지스도 좋아. 베니도 좋고."

"왜 팝송을 많이 들어?"

"나 보컬이거든."

"보컬?"

"비틀에스라는 밴드 소속이야."

"이름 구려."

정우는 친구들과 취미로 밴드 활동을 했다. 베이스, 일렉기타, 드럼, 키보드, 그리고 보컬까지 총 5인으로 구성된 작은 밴드였다. 5인의 공통점이라면 모두 음악으로 유명해지고 싶다는 꿈이 있다는 점인데, 3인은 그 예시로 비틀즈를 말했고 2인은 BTS를 말했다. 5인은 고민하다가 둘을 합쳐 이름을 짓기로 했다. 비틀에스는 유명은커녕 오합지졸에 가까웠으나 하나만큼은 확실했다.

그들은 음악을 할 때면 누구보다 행복했다. 공부도, 숫자
도, 경쟁도, 존재에 대한 고뇌마저도, 모든 것으로부터 자
유로웠기에 비틀즈나 BTS처럼 널리 이름을 알릴 수는 없
을지라도 연습할 때는 누구보다 진지했다.

"네가 보컬이라니 상상이 안 가."

"들어 볼래?"

"지금? 여기서?"

"아니. 야자 끝나고 코노에서."

연아의 머리는 거절을 지시했다. 이왕이면 '아니. 내가
왜?'까지 말해 확실한 거절 의사를 밝히라고 명령했다. 그
러나 심장이 제동을 걸었다. 연아의 입은 누구의 명령을
따라야 할지 난감했다. 머리와 심장이 각자 다른 근거를
댔다.

'기말고사가 곧인데 야자 끝나고 집 가서 화작 풀어야
지? 요새 서율이가 인스타에 순공 시간 4시간 넘는다고 인
증하는 거 봤잖아. 미쳐 가지고 코인 노래방을 따라가려
고? 제정신이니?'

'6월 모고 끝나고 하루도 제대로 못 쉬었잖아. 화작이라

면 진도가 좀 남긴 했어도 괜찮아. 하루만 놀자! 정우가 영어로 노래 부르는 거 궁금하지 않아? 분명히 발음도 형편없고 웃길 텐데 재미있을 거야.'

고민하는 연아에게 정우가 한 마디를 덧붙였다.

"딱 한 곡만 부르고 갈 거야."

심장이 계속해서 연아를 설득했다. 한 곡이면 3분 30초 이내로 끝날 텐데 뭐 그리 어렵겠냐고. 이성과 감성이 충돌할 때면 연아는 언제나 이성의 손을 들어 줬었다.

그러나 간과한 지점이 있었다. 감성이 이성을 앞서 나가겠다 결심하는 순간, 그 질주는 아무도 막을 수 없다는 걸. 마음의 소리가 호기심의 탈을 쓰고 연아를 구슬렸다. 사실 그 녀석은 달릴 준비가 돼 있었다.

"좋아. 같이 가."

연아는 처음으로 숫자의 세계를 단단히 지키고 있던 빗장을 풀었다.

공부를 선택한 대신 꽤 많은 것들과 거리를 두고 살아왔다. 코인 노래방도 익숙하지 않았기에 정우 옆에 쭈뼛거리며 착석했다. 교실과 달리 좁은 공간에 단둘만 남겨지고 둘 사이에 책 한 권 없으니 기분이 오묘했다. 솜털 사이에 작은 나비 한 마리가 내려앉은 느낌이었다. 떨쳐 내고 싶은 마음이 반, 참아 보고 싶은 마음이 또 반.

정우는 어색해하는 연아를 위해 서둘러 선곡했다.

"이 노래 알아?"

"아니."

"그럼 들어 봐. 노래 좋거든."

정우는 트로이 시반의 Youth를 불렀다. 학교에서 촐싹거리던 목소리와 달리 한껏 진지한 음색이었다. 연아는 정우가 노래에 몰입한 모습이 오글거려 견딜 수가 없었으나 인제 와서 나갈 수는 없었다.

'노래 잘 부르네…… 안 어울리게.'

1절을 지나 정우의 목소리가 한층 더 부드럽게 풀렸다. 오합지졸 밴드부의 보컬일지라도 보컬은 보컬인 걸까. 음색은 팝송과 잘 어울렸고 영어 성적과 상관없이 유창하게 노래를 불렀다. 코러스를 부를 때쯤에 연아는 더 이상 오글거림을 느끼지 못했다. 나의 젊음은 모두 네 것이라 말하는 구절을 들으며 상대를 몰래 평가하기도 했다.

'100점 만점 중 98점. 자기 등수만큼 부르네.'

눈으로는 가사를 좇았고 귀로는 노래에 집중했다. 학교

와 과외에서 배운 것만으로는 팝송 가사를 완벽하게 해석하긴 어려웠지만 노래 한 곡을 즐기기 위해서 특별한 지식이 필요하지는 않았다. 절로 발끝을 까딱거리며 흥을 표현했다. 화려한 기교 없이 담백하게 부르는 노래가 꼭 연아에게 무언가를 말해 주는 듯했다.

정우는 열창하며 연아를 바라보았다. 화면이 뚫어져라 가사에 집중하는 연아는 학교나 코노에서나 우등생이었다. 정우는 연아가 적극적으로 호응을 해 주면 좋겠다고 생각했다. 여태껏 만난 관객 중 가장 소심한 관중을 위해 정우는 용기를 냈다.

천천히 다가가 손을 잡았다. 기타와 베이스의 선율이 공간을 꽉 채우는 동안 둘은 서로의 손을 놓지 않았다.

한 곡이 다 끝났다. 연아는 정우가 충분히 잘 불렀으니 높은 점수가 나올 거라 기대했지만 정우는 곧바로 점수 제거 버튼을 누르곤 연아를 자리에서 일으켜 세워 줬다.

"이제 가자."

"점수 안 봐?"

"점수는 안 중요해."

"잘 불렀는지 아닌지 확인을 해야지."

"오늘 분위기 좋았으니까 충분히 잘 부른 거야."

정우가 말해 놓고 부끄러운지 고개를 돌려 피식거렸다. 둘은 약속대로 한 곡을 끝으로 깔끔하게 퇴장했다. 노래방 바깥까지 손을 잡고 가다가 출입구를 넘는 순간 짜기라도 한 듯이 동시에 손을 놓았다.

"오늘 재밌었어. 조심히 가. 내일 학교에서 보자."

"너도."

"아 참. 너 손…… 되게 작더라. 귀엽게."

짤막한 인사를 끝으로 둘은 반대 방향으로 걸어갔다.

연아는 뒤늦게 오만 생각이 다 들어 버렸다. 손을 잡은 순간에는 노래에만 집중한 탓에 아무 생각이 들지 않았는데 곱씹어 보니 무척 이상한 상황이었다. 이럴 때는 어떻게 반응해야 하지? 그때 왜 자신은 손을 피하지 않았을까? 스스로가 의아했다. 이성의 스킨십에 원래 관대한 편이었던가? 아니다. 그럴 리가 없었다. 싫었다면 야무지게 손을 빼내고 '이건 좀 아니지 않냐?'라고 의사 표현을 했을 거다. 혹시 정우를 좋아하는 걸까? 그건 더 확신할 수 없었다.

'김정우! 대체 뭐지?'

인터넷에서 본 적이 있다. 남자가 네 손이 작다느니, 귀엽다느니 하는 건 2000년대 초반에나 써먹던 구닥다리 플러팅이라고. '한물간 개수작'이라며 욕을 먹던 스킨십 수법이었다. 하지만 글로 볼 때와 실제로 겪었을 때의 느낌은 천지 차이였다.

'누가 하느냐에 따라 다른 건가?'

집으로 돌아가는 내내 왠지 모를 흥분에 가슴이 두근거렸다. 정우와 잡았던 손바닥의 감각이 예민해져 바람결까지 성가실 정도였다. 집에 가서 책을 펼쳐도 마음은 자꾸 딴 곳으로 흘렀다.

숫자의 세계에 찾아온 손님은 연아의 마음에 숫자로 설명이 불가능한 선물을 두고 갔다.

*

둘은 빠른 속도로 가까워졌다. 정우는 반 아이들이 모두 사용하는 공공재 광대 대신에 연아만을 상대하는 사유재 광대가 됐다. 둘은 자리를 떠나지 않고 공부가 아닌 다른 것들을 이야기했다. 정우는 연아를 위해 숨은 명곡들을 알아 와 공유해 줬고 연아는 정우가 여태껏 착실하게 외면했던 수행 평가 범위와 공부 팁을 알려 줬다.

하교 후엔 코인 노래방을 자주 갔다. 점차 손을 잡는 시점은 빨라졌다. 때로는 반 애들 몰래 책상 아래로 손깍지를 끼기도 했다. 연아는 언젠가부터 정우와 함께하는 순간을 일탈로 여기지 않게 됐다. 어둑어둑한 공간에 단둘이 노래를 듣고 부르는 일 말고는 선택지가 무엇도 없을 때, 처음으로 살아 있음을 느꼈다. 매일 한 곡에서 두 곡밖에 부르지 못할 정도로 시간은 짧았지만, 음식도 부족하게 먹어야 더 맛있듯이 감정 역시 넘치는 것보다는 모자라게 받을 때 더욱 선명해졌다.

"이번 곡은 어때?"

"지난번보다 더 잘 부르는 것 같아."

"그래?"

"응."

"오늘 한 곡 더 틀어 놔도 돼?"

"틀어 놓는다고? 뭐, 좋아."

정우가 아무런 번호나 누르고는 자리로 돌아왔다. 마이크를 잡지 않았다. 연아에게로 시선을 고정했다. 이 시선을 피했다가는 간질간질한 긴장감이 깨질 것만 같았다. 마음 속 가느다란 실로 이어진 둘은 서로를 은근히 당겼다. 결코 놓지 않았다.

"연아야. 나 하고 싶은 게 있는데……."

"어떤 거?"

"궁금하면 눈 감아 봐."

정우는 그 가느다란 실을 자신 쪽으로 더 당기길 원했다. 연아는 무슨 일이 일어날지 알면서 거부하지 않았고, 눈을 감았다. 연아의 인생에서 가장 빨리 내린 결단이자 동시에 가장 낯선 결단이기도 했다. 중요한 선택을 할 때 삼세번은 고민해야 한다고 들었지만 막상 이런 상황에서는 단 1초도 고민하고 싶지 않았다. 둘은 마음이 시키는 대로 실을 잡고서 동시에 당겼다.

그 결과 입술이 닿았다. 드라마에서 볼 때 늘 무슨 느낌인지 궁금했던 일이 실제로 펼쳐졌다. 정우의 입술은 부드러웠다. 코끝이 닿자 정우가 고개를 살짝 꺾었다. 그 움직임을 따라 목덜미에 감도는 살냄새가 움직였다. 연아는 시각을 차단하고서야 후각과 촉각이 얼마나 섬세한지 알게 됐다.

연아의 세계에 깊이 들어온 정우는 부드럽고 축축하고, 자극적이었다. 한 손은 연아의 목덜미를 감싸고 다른 손은 자리를 찾지 못한 연아의 손을 잡아 주었다. 평소보다 뜨거운 체온이 느껴졌다.

　입을 뗀 뒤 둘은 동시에 눈을 떴다. 노래방 기계에서 흘러나오는 조잡한 반주음이 거의 끝나 가고 있었다.

　"생각보단 잘하지?"

　"나는 처음 해 봐……."

　"티 안 났어."

　"많이 해 봤어?"

　"좋아하는 사람이랑 하는 건 처음이야."

　"내가 처음?"

　"응. 놀랐다면 미안해."

　정우가 연아를 끌어당겨 안아 주었다. 평상시에는 장난기만 가득하던 짝꿍이었지만 단둘이서 함께 있을 때 정우는 연아에게 자신의 마음을 여실 없이 표현했다. 나가기 전 정우는 한 번 더 가볍게 입을 맞추었다.

　이게 무슨 일인지 연아는 헷갈렸다. 아무리 자신이 공부만 했던 학생이라고 한들 친구 사이에 키스하지 않는다는 것 정도는 알고 있었다. 심장이 뛰었고 호흡이 빨라졌다. 이 감정은 우정이 아니었다. 만약 이게 우정이라면, 이 지구는 두 쪽 나다 못해 폭발해 버리고 말 거다. 연아의 마음에 불덩어리 같은 소행성이 추락했다. 신음 같은 마찰음이 울려 퍼졌고 곧이어 희뿌연 수증기를 뱉어 냈다. 미처 다 풀지 못한 교재 따위는 이제 생각할 수가 없었다.

'이러면 사귀는 건가?'

연아는 혼란스러웠다. 친구가 안다면? 부모님이 안다면? 언니가 안다면? 방금 자신이 남자애와 한 일이 나쁜 짓일지도 몰랐다. 누군가에게 들키면 큰일이 날지 모른다는 두려움이 느껴졌다. 죄를 짓는 기분이었다. 대뜸 언니 얼굴이 떠오르고 엄마 아빠 생각도 났다. 가족이 차례차례로 떠오른단 건, 이 순간이 당당하지 않다는 뜻일 텐데 도저히 멈추고 싶지 않았다.

짜릿했다. 잃어버린 아가미 한쪽을 되찾은 기쁨이었다.

키스가 끝난 뒤에는 무슨 말로 대화를 시작해야 할까? 코끝이 닿을 법한 거리에서 정우와 눈을 맞추고 있는 동안 아무 말이라도 떠올려 보려 했지만, 아무것도 떠오르지 않았다.

정우가 팸플릿 한 장을 연아에게 보여 줬다.

"청소년 밴드 공연에 섭외됐어. 보러 와."

"기말고사 끝나고네? 갈 수 있을 것 같아. 친구들한테도 홍보해 줄까?"

"아니. 필요 없어."

"그래도 공연인데."

"너만 오면 돼."

"정우야, 우리 방금 있잖아……."

"응."

"이제 그러면…… 그……. 아냐, 공연 꼭 갈게!"

정우는 고백을 하진 않았다. 사귀자던가, 오늘부터 1일이라던가 하는 확실한 멘트가 없었다. 집에 일찍 가지 말라며 잡지도 않았다. 노래가 끝난 후 담백하게 연아와 작별했다. 영화에서 보던 남자 주인공처럼 명백한 단어를 사용하지 않았다. 그저 다음을 기약할 뿐이었다.

모호했다. 연아는 일순간 머리에 담아 놓은 모든 지식과 정보가 통째로 사라지는 기분이 들었다.

어쩌면 연아 인생에 첫 연애의 서문을 쓰는 순간이었다. 확실한 고백이 없어 마음은 혼란스러웠지만, 집으로 돌아가는 길에 팸플릿을 바라보며 키득거렸다. 미소가 절로 흘러나왔다.

*

　사랑과 일을 동시에 이뤄 내는 건 어른도 달성하기 어려운 과제다.

　이유는 간단하다. 하루는 모두에게 딱 24시간씩만 주어진다. 사랑과 일은 똑같이 시간을 배부르게 먹어야만 만족하는 돼지 같은 녀석들이다. 그러니 연아가 공부에 집중할 수 없는 나날들이 늘어 가는 것은 당연했다. 부쩍 집중력이 흐트러져 순공 시간이 2시간을 넘지 못했다.

　'이러면 안 돼. 큰일 나. 진짜 큰일 나!'

　뒤에서 누군가 쫓아오는 것만 같았다. 당장 1이라는 숫자를 쟁취하기 위해서 악을 써야 하는 상황인데 혹시나 정우의 인스타에 새 게시물이 올라오지는 않을까 하는 생각뿐이었다.

　'공부해야 해. 공부! 공부!'

　정우와 키스했던 그 시간에 서율은 기출문제를 하나 더

풀었을 텐데, 인강을 하나 더 들었을 텐데······. 그리 생각하면 반역죄라도 저지른 기분이 들어 괴로웠다. 경쟁자를 자꾸만 떠올리는 일은 일종의 정신 자학이었다. 스스로를 고통 구덩이로 모는 일을 멈출 수가 없었다. 이렇게 몰아붙여야만 연아는 정우를 덜 생각했다. 아니, 덜 생각해야 한다는 강박을 가졌다.

　'기말 잘 치고 공연 홀가분하게 다녀오자. 그리고 정식으로 물어보자.'

　공연에 가야 하는 이유는 분명했다.

　'우리 무슨 사이야?'

　이 질문에 답해 줄 사람은 오직 한 사람밖에 없었다. 문제집엔 꼭 답지가 따라붙지만 마음은 아니다. 모르는 것투성이였다. 아무리 현시대가 쉽게 사랑하는 시대라 할지라도 모두에게 있어 처음은 어려웠다. 연아는 처음 찾아온 사랑에 반드시 이름표를 붙여 주고 싶었다. 썸, 연애, 혹은 그저 데이트 상대. 뭐든 간에 확실히 규정하길 바랐다. 어쩌면 촌스러운 마인드일지도 모른다는 생각이 들었지만 모호함을 쥐고 있는 일보다는 나았다.

　혼자서 머리를 쥐어짜는 중에 엄마가 간식을 챙겨 방문

을 열었다.

"딸, 공부 잘돼 가?"

"아, 응."

여태껏 공부만 한 척 연아는 문제집을 괜히 손으로 매만졌다. 그러곤 눈을 빠르게 굴려 엄마가 책상에 올려 둔 접시를 살폈다. 친구들이 자주 사 먹지 못하는 비싼 간식들이었다. 딸을 위한 배려이자 무언의 압박이었다. 한숨이 나오려 했으나 침을 삼켜 속 안으로 밀어넣었다.

엄마는 연아가 펼쳐 둔 문제집을 빠르게 훑었다. 필기 흔적이 적었다.

"언니네 학교는 기말이 벌써 끝났다더라."

"일찍 쳤네."

"가채점해 보니까 수학에서 하나 틀렸대."

"잘했네."

"아빠가 네 언니 생각하면 마음이 참 뿌듯하다더라. 다행이지?"

"응."

"엄마는 연아도 믿고 있어. 알지?"

"응……."

"실망시키면 안 돼."

연아는 답하지 않았고 엄마도 답을 들으려 하지 않았다.

성적으로 증명해야 했다. 자신도 언니만큼이나 잘할 거라는 사실은 오직 숫자로만 납득시킬 수 있었다. '나도 열심히 하고 있어. 제발 좀 알아줘.' 따위의 말은 아무 소용이 없었다. 고등학생이 된 후로 연아가 집에서 나눴던 대화는 소통이 아니었다.

한번쯤은 말해 보고 싶었다. 2등이 아니라 혹여 3등이 되더라도 너무 나무라지 말라고. 힘겹게 일궈 놓은 자존감을 꺾지 말라고. 물론 그런 말은 죽었다 깨나도 할 수 없는 말이었다. 한창 학업 스트레스가 심했던 중2 때 연아는 편지를 써 엄마에게 호소한 적이 있었다. 그때 돌아온 답장은 간결했다.

'너 말고 다른 애들도 다 힘들어.'

그 후로 연아는 사적인 이야기를 꺼내지 않게 됐다. 가족을 사랑하는 마음, 그 뒤쪽에 눅눅한 그림자가 자랐다. 그 검은 녀석은 놀이공원에서 즐거웠던 언니와의 기억을 집어삼켰고, 목말을 태워 주던 아빠와의 추억도 잡아먹었다. TV에선 가족 갈등에 해결책을 주는 프로그램이 많고, 유튜브에는 화목한 가정을 위한 조언 영상이 넘쳤다. 연아는 힘이 들 때면 그런 영상들을 보며 자신을 위로했다. 하지만 아름다운 말과 각종 조언이 적용되지 않는 일상은 공허했다.

엄마가 인위적인 손짓으로 연아의 등을 훑고는 문턱 밖으로 재빠르게 사라졌다. 사방이 닫힌 공간에 연아는 문제집과 단둘이 남았다. 매일과 다름없는 밤이었다. 고급 간식을 먹을 수 있는 좋은 집에 살고, 매년 반장을 하고, 우수한 친구들이 곁에 있어도 행복은 멀게만 느껴졌다.

자존심과 자존감은 너무나 달랐다. 숫자로 과시하는 자존심이 커질수록 더욱 가라앉는 자존감을 느껴 왔지만 해결할 방법을 찾지 못했다. 숨이 막혔다.

'넌 이런 문제를 어떻게 다 풀어? 진짜 똑똑하다.'

다만 정우를 생각하면 그 모든 불균형을 벗어던질 수 있었다. 탈출구와 감옥의 경계, 정우는 그 모호한 선 위에서 연아에게 손을 내밀었다. 갑자기 숫자의 세계에 등장한 이방인을 도저히 밀쳐 낼 수가 없었다. 공부해야 하는 걸 자각하면 자각할수록 모순적으로 더욱 정우가 필요해졌다.

숨을 쉬어야 하니까. 일단은 살아야만 하니까.

연아는 엄마가 준 간식 접시를 구석으로 밀어 버리곤 문제집 위에 풀썩 엎드렸다. 울고 싶었지만 눈물은 나오지 않았다.

마음과 마음 사이에도 공식이 있다면 얼마나 좋을까? 엄마의 마음으로 들어가 부탁할 수 있다면, 정우의 마음을 엿볼 수 있다면……. 오직 공부와 자신밖에 없던 세계가 자꾸만 복잡해졌다. 연아는 행복하면서도 불행했고, 기쁘면서도 우울했다. 널뛰는 감정 속에 연아는 어디로 걸어가야 하는지 종잡기 힘들었다.

'여태껏 해 온 게 있으니까 잘할 거야……. 정말 잘할 수 있을까?'

인생에는 정답이 없었다. 어떤 숫자를 선택해도 정답이 될 수 있다. 그 말을 뒤집어 말하면, 결국 모두 오답이 될 수 있다는 말이기도 했다. 스스로를 향한 불안 속에 연아의 세계는 어느 순간 오답만으로 가득한 듯 느껴졌다.

*

다행히 기말고사는 그렇게 어렵지 않았다. 연아는 그간

고통 속에서 어떻게든 공부를 이어 간 자신이 제법 자랑스러웠다. 한 과목씩 시험을 끝낼 때마다 잘 해냈다는 확신이 들었다.

'혹시 몰라. 드디어 이번에는!'

치열하게 괴로워하며 공부한 보람이 있었다. 그에 비해 혜리는 침울해 보였다.

"연아야, 3번에 답 4번 아니야?"

"아냐. 이거 지난번에 쌤이 준 과제물에 2번이라고 적혀 있었던 거 같아."

"기출문제대로 풀었을 때는 분명히 4번인데……. 그럼 나 또 틀린 거야? 벌써 몇 개째야……. 너한테는 말 안 했지만 자리 바꾸고 난 뒤에 완전 엿 먹고 있어. 성재현 저 자식은 맨날 수업 시간에 떠들기만 하고 방해돼 죽겠어! 너도 정우 때문에 힘들지 않아?"

"난 괜찮은데? 정우 착해."

"아무튼 난 짜증 나."

"다음 과목 잘 치면 되지."

혜리는 한 과목이 끝날 때마다 연아의 자리로 와 헷갈리는 문제들의 답을 맞춰 봤다. 연아가 선택한 답에는 모두 연아만의 근거가 있었다. 지난 모의고사 때만 해도 연아와 혜리는 대부분의 답안이 겹쳤지만, 이번에는 확실히 갈리는 부분이 많았다. 속으로 쾌재를 외쳤다. 혹시라도 혜리가 치고 올라올까 봐 걱정했는데 가볍게 꺾은 듯했다.

상대의 표정이 어두워질수록 더욱 커지는 기쁨을 애써 숨겼다. 반 1등은 사수했고 목표는 전교 1등. 이번에는 예감이 좋았다.

연아는 정우와 눈이 마주칠 때마다 여느 때보다 밝게 웃었다.

*

시험 마지막 날, 연아는 엄마에게 도서관에 들렀다가 간다는 핑계로 늦게 들어갈 구실을 만들었다. 의외로 시험을 제법 잘 쳤고 이번 성적은 기대해도 좋을 듯했다. 연아에게도 포상이 필요했다. 연아는 정우와 하루 정도는 이른 오후부터 함께 있고 싶었다.

"정우야, 시험 잘 쳤어? 가르쳐 준 거 많이 나왔지?"

"덕분에 역대급으로 잘 봤어. 너는?"

"나도 잘 봤어."

"다행이네."

"오늘 뭐 해? 나 오늘 시간 비는데."

"친구들이랑 공연 연습 있어."

"아…… 맞다. 곧이지?"

김칫국을 마셔 버렸다. 하루를 통째로 비워 놓으면 좋아할 줄 알았지만, 오히려 낙동강 오리알이 돼 버렸다. 약속한 적도 없으면서 연아는 혼자서만 시험이 끝나기를 바라고 있었던 게 무안했다. 연아는 실망과 서운함을 잘 감출 정도로 포커페이스에 능하지 않았다.

정우는 티가 나게 풀이 죽어 버린 연아의 마음을 모른 척하고 싶지 않았다. 정우는 잠시 휴대폰 캘린더를 보며 고민하더니 연아의 손을 잡고서 말했다.

"8시에 평화공원 앞에서 볼까?"

연아의 표정이 조금 밝아졌다.

"더 일찍은 안 돼?"

"수재 고연아 씨는 제가 노래 부를 동안에 도서관에서 기다리시죠."

"아쉬운데."

"네 성적에 방해가 되고 싶지 않아서 그래."

오후 8시라는 시간은 같이 저녁을 먹거나 영화를 보기엔 늦은 시간이었다. 그래도 연아는 오늘 하루의 일부를 정우와 보낼 수 있다는 사실과 자신의 마음을 눈치채 준 정우의 배려에 만족했다. 도서관으로 향하는 발걸음이 무척 가벼웠다.

과거에는 커플끼리 온 학생들을 보면 눈꼴이 시렸다. 왜 공부하러 오는 장소에서까지 연애질을 하는지 한심하다는 감상뿐이었다. 하지만 정우를 기다리는 동안에 연아의 마음은 평소보다 너그럽게 부풀었다. 염장질을 해 대는 커플을 보아도 '예쁘게 연애해라.'라며 행복을 빌어 줬다.

제법 관대해진 스스로가 기특했다.

시간의 속도가 바뀐 걸까. 3분이 3시간처럼 느껴졌다. 어떤 10분은 여느 때보다도 마음이 홀가분하여 공식이 잘 외워졌고 또 어떤 10분은 정우를 생각하느라 아무것도 눈에 들어오지 않았다. 고등학교 2학년이란 자아와 인간 고연아라는 자아가 치열히 머리와 심장을 오가며 서로의 존재를 외쳐 댔다. 노랫소리 같은 비명이 연아의 몸 안에서 울려 퍼졌다. 한 번도 배워 본 적이 없는 내면의 가창이었다.

오후 7시 반이 되자마자 자리를 정리한 다음 도서관 밖으로 향했다. 평화공원은 가까웠다.

'일찍 도착하는 것도 매력 없다던데.'

인터넷에서 봤던 연애 팁들이 떠올랐다. 사람들은 적절한 밀당을 하라고 했다. 마음을 쉽게 다 보여 주고, 솔직하게 표현하는 사람은 재미없다면서 말이다. 거북이걸음으로 최대한 늦게 걸어가 정우를 기다리게 만들어야 하는지 고민했다.

가슴에 손을 얹고 스스로에게 물었다.

'그러고 싶어?'

마음만 먹으면 코앞의 공원이라 할지라도 10분이고 20분이고 늦을 수 있었다.

'난 그러고 싶지 않아.'

하지만 연아는 정우가 보고 싶었다. 머릿속에 떠도는 누군가의 정보들을 생각하지 않기로 했다. 운동화 끈을 묶고 공원을 향해 달려갔다. 한 걸음 내디딜 때마다 참고서가 가득 찬 가방이 묵직하게 흔들렸다. 어깨가 아프고 몸이 무거웠지만 멈추지 않았다.

'내가 더 기다린다 해도 상관없어.'

운동장이 아닌 곳에서 달려 본 적이 언제였던가. 체육 수행 평가가 아닌 본인의 마음을 위해 발을 움직였다. 숨이 턱 끝까지 차올랐으나 그만큼 웃음이 함께 터져 나왔다. 스스로 선택한 개운한 의문과 뿌리 모를 행복. 연아는 이제야 좀 자신이 살아 있는 것 같았다.

정우는 연아보다 늦게 도착했는데 마찬가지로 뛰어왔는지 헐떡거렸다. 둘은 서로를 발견하자마자 환하게 웃었다.

"미안, 이거 사느라."

거친 숨을 뱉으며 정우가 건넨 것은 조그마한 연보라색 라일락 꽃다발이었다.

"이걸 갑자기 왜?"

"너한테 주고 싶어서."

"뭐야아……."

"웃어 줄 줄 알았어."

연아는 중학교 졸업식 날 엄마에게 꽃다발을 받은 뒤 처치가 곤란하여 애먹은 적이 있었다. 그때 분명 꽃 선물은 예쁜 쓰레기라고 생각했는데 지금 눈앞의 작은 라일락은 어떤 선물보다도 귀중했다. 연아는 꽃이란 걸 처음 받아

보는 사람처럼 얼굴에 기쁨을 잔뜩 담았다.

정우가 겨우 숨을 고르고는 말했다.

"있잖아. 난 예전부터 너처럼 공부 잘하는 애들은 나랑 다른 세계를 사는 사람이라고 생각했어."

연아가 꽃다발을 들고 고개를 왼쪽으로 슬며시 꺾었다. 무슨 이야기인지는 몰라도 정우의 목소리에 집중했다.

"근데 우린 충분히 가까워질 수 있다는 걸 알게 됐어."

꽃다발과 정우를 번갈아 바라봤다. 연아가 바라 왔던 순간이었다. 연아는 괜히 옆 머리칼을 쓸어내리며 밤하늘로 시선을 옮기려 했다. 정우가 그 시선을 붙잡아 연아와 마주 봤다.

지금 내뱉는 회심의 한 마디가 둘의 관계를 결정할지도 몰랐다. 공연 날까지 진전이 없을 줄 알았는데 정우는 생각보다 빠르게 마음을 표현하려 했다.

연아는 정우의 말을 듣기도 전에 지금 이 순간을 영영 잊지 못하게 될 거란 걸 알아 버렸다. 마른침을 삼키고 고백을 기다렸다.

정우가 쑥스러운 듯이 머리를 헝클이곤 말했다.

"넌 2등이고 난 98등이니까 서로 합치면 딱 100! 이건 운명 아닐까? 우리 사귀자."

"멘트 뭐야! 더 멋진 걸 기대했단 말이야."

"미안해. 근데 나 이거 연습까지 한 거야."

"푸하하하하."

키스는 잘해도 고백은 서툰 정우 덕에 연아는 긴장이 몽땅 풀려 버렸다. 연아는 기대했던 분위기를 물어내라며 장난스레 꽃다발로 정우를 때렸다. 첫 고백의 부끄러움은 서로가 함께 나누어 가지는 몫이 됐다. 좀 더 멋진 멘트로 고백해 달란 말은 당연 장난일 뿐이었다. 연아는 지금 이 순간이 충분히 행복했다. 관계를 확정 지어 준 정우가 고마웠다.

"그러게. 우린 딱 100이네."

꽃다발을 들지 않은 손으로 정우의 손을 잡았다. 필기구만 쥐었던 손을 모두 감싸 주고도 남을, 크고 따뜻한 손이었다.

늦은 저녁 8시. 하루가 끝나고 있었지만 서로의 마음을 확인하기엔 충분한 시간이었다.

*

가채점을 위한 답지는 시험 직후에 나오는 게 관례였다. 하지만 일전의 6월 모의고사에서 인근 세화고에 비해 결과가 무척 안 좋았기에 교사들은 특단의 조치를 고안했다. 기말고사 채점 및 등수 산정 속도를 높여 답지와 시험 결과를 동시에 발표했다. 놀 생각하지 말고 당장 성적과 석차부터 확인하고 충격을 받으라는 초강수 전략이었다. 자잘한 혼란을 야기하는 방법이었으나 단시간에 충격을 주기엔 나쁘지 않았다.

느슨해진 학급에 긴장감이 다시 끓어올랐다. 성적을 확인한 아이들은 놀러 가려던 약속을 줄줄이 취소했다.

그리고 연아는 교실에서 참지 못하고 울음을 터트렸다.

"반장, 울지 마. 다음 시험 잘 치면 되지."

하은의 위로를 시작으로 1반 여학생들이 너 나 할 것 없이 엎드려 울고 있는 연아를 감쌌다.

"맞아, 다음엔 꼭 잘 칠 거야."

"아휴, 속상하겠다. 늘 전교 2등만 하다가 12등이라니."

아이들이 등을 쓰다듬으며 위로했다. 유독 잘 쳤다고 믿었던 시험은 오히려 최악의 결과를 가져다줬다. 혜리와 비교하며 본인이 맞았을 거라 맹신한 문제들은 전부 혜리의 손을 들어 줬다. 혜리가 맞았고 연아가 틀렸다.

일탈하면서 공부도 잘해 왔다 믿었으나 한시도 샛길로 빠지지 않고 매일 밤 이를 갈아 온 혜리에게 패배해 버렸다. 하루가 24시간이라는 것은 잔인할 만큼 평등했고, 연아가 정우와 손을 맞잡고 키스하던 순간에 혜리는 공부에 전념했다. '학업'이란 모든 학생에게 주어지는 공공의 적이자 가장 험준한 산이었다. 그런 산을 즐길 것을 다 즐기고도 수월하게 넘어갈 수 있으리란 생각은 방심이었다.

"울지 마. 한 번 삐끗할 수도 있지!"

제일 열심히 위로했으나 혜리는 속으로 기뻐했다. 드디어 반 1등이 됐고, 콧대 높은 고연아를 꺾었다고. 숫자의 세계는 언제든 상석을 갈아 치웠고, 이번엔 혜리가 그 자리에 앉았다. 운명을 관장하는 신은 웬만하면 노력하는 자의 편이었다.

정우는 옆자리에서 대성통곡을 하는 연아에게 아무런 말을 해 줄 수가 없었다. 괜스레 노트를 펼쳐 공부하는 척을 했다. 거기엔 연아가 알려 준 공식과 풀이 과정이 빼곡했다. 정우는 본인이 연아의 시간을 갉아먹었다는 생각이 들었다. 도저히 고개를 들 수가 없었다.

정우의 등수는 전교 52등, 태어나서 받은 석차 중 가장 높은 결과였다. 52의 정우와 12가 된 연아. 둘은 숫자마저도 가깝게 당겨졌다.

그랬기에 더욱 미안했다.

기말고사 결과가 나온 후 둘의 대화는 부쩍 줄어들었다. 수업 시간마다 은근슬쩍 몰래 서로를 향했던 손도 방향을 잃고 책상 위에서 겉돌았다.

관계는 급속도로 얼어붙었다. 누가 잘못하지도 않았고, 실수를 한 것도 없지만 말이다.

*

공연 당일 비틀에스는 무대에 오르기 전부터 잔뜩 긴장하여 온몸을 떨었다. 드럼과 베이스가 괜히 티격태격했다.

"으 시발, 토할 거 같아."

"미친놈 토하면 네가 다 치워."

"말도 못 하냐."

"나도 존나 떨려."

"아 좀! 닥쳐 봐."

무대 밖에서도 오합지졸인 비틀에스의 소음이 극에 달할 때 사회자가 입장 시그널을 보냈다. 비틀에스는 이름처럼 비틀거리며 무대에 올랐다. 처음 받아 보는 스포트라이트가 수많은 관중을 가려 버릴 정도로 환했다.

한마디도 하지 않았던 정우는 길 잃은 아이처럼 관중 속에서 한 사람만 찾았다. 그러나 연아는 보이지 않았다.

성적이 발표된 후 오늘까지 연아는 침울하다 못해 곧 죽을 사람처럼 지냈다. 같이 노래방을 가 주지 않았고, 메시지에도 짤막하게 답장했다. 꽃다발을 받아 줄 때만 해도 각별한 관계가 됐다고 믿었으나 연아는 다시 자신만의 세계로 떠나 버린 것 같았다. 정우는 연아가 야속했지만, 한편으로는 마냥 미안했다.

'괜히 방해됐던 건 아닐까? 순수했던 연아에게 얼룩을 묻힌 건 아닐까?'

노래방에서 연아에게 들려줬던 곡을 무대 위에서 불렀다.

나의 젊음을 모두 너에게 줄게.

지금, 영원히 함께 도망치자.

멀게만 느껴졌던 가사가 비로소 자신의 언어가 돼 목소

리를 입었는데 관중을 잃어버린 음악은 허망하기만 했다. 노래를 부르는 동안 울컥거리는 감정을 느꼈다. 애써 가사를 까먹은 척 숨을 참아 내며 삭였다.

노래를 부르는 일이 마냥 즐겁다고만 생각했는데, 때로는 그 어떤 일보다 슬프기도 하다는 걸 깨달았다. 다시 감정을 꾹꾹 눌러 음정 하나하나에 실어 보냈다. 보고 싶지만 보이지 않는 상대를 그리워하며.

비틀에스의 보컬은 남은 4인이 모르는 사이에 제법 성숙한 보컬리스트가 돼 가는 중이었다.

관객들의 호응은 나쁘지 않았다. 기획자는 명함을 주며 다음번에도 그들을 부르겠다고 약속했다. 멤버 모두가 기뻐하며 마무리를 기념할 겸 회식을 제안했다.

정우는 말없이 장비만 챙겼다.

"난 먼저 갈게. 컨디션이 안 좋아서."

멤버들이 거듭 같이 회식을 하자 부탁했으나 정우의 뜻은 완강했다. 비틀에스는 별수 없이 정우를 빼고 삼겹살집으로 향했고 혼자 남은 정우는 반대 방향으로 걸어갔다.

주말 오후 5시. 홀로 집에 가기엔 아쉬운 시간이었다. 정우는 오랫동안 준비했던 공연을 끝냈음에도 기쁘지 않았다.

그때 누군가 앞을 막아섰다.

"오늘 멋지더라."

기다리던 사람이었다.

"왔었어?"

"늦게 입장해서 구석에 있었어."

"널 한참 찾았어. 안 온 줄 알고 서운했는데……."

"걱정 마. 네 노래 다 들었으니까."

연아가 쇼핑백 하나를 내밀었는데 눈두덩이가 평소답지 않게 잔뜩 부어 있었다. 정우는 어떠한 일이 있었는지는 알 수 없었으나 그 얼굴에 자신의 마음도 울적해져 뭐라 말을 할 수가 없었다. 상대의 자존심을 위해 봐도 모른 척을 했다.

쇼핑백 안에는 짙은 보랏빛의 꽃다발이 하나 있었다.

"라일락은 없더라. 비슷한 거라도 사 왔어. 스카비오사라는 꽃이래."

"그냥 와도 되는데……."

"나도 너한테 꼭 주고 싶어서. 공연 성공적으로 마친 거축하해."

어떤 말을 더 해야 하나. 둘은 어색한 침묵 속에서 같은 고민을 했다. 분명 마음을 확인한 관계지만 더 이상 연인처럼 보이지는 않았다. 서로 손을 잡지 않았으며 허리를 감싸고 입을 맞추지도 못했다. 그날 저녁, 평화공원에서 나누었던 기쁨은 휘발되고 없었다.

이번에 먼저 입을 연 쪽은 연아였다.

"정우야, 너도 알겠지만 나 이번에 성적이 많이 떨어졌어."

"응…….."

"공부도 평소보다 적게 한 주제에 이번에는 전교 1등까지 하고 싶었다? 웃기지?"

정우는 태연하게 위로할 수가 없었다. 연아의 푸념이 원망처럼 들렸다.

반면 연아는 겨우겨우 힘을 내 진심을 말하는 중이었다. 성적이 발표된 후 연아는 엄마의 차가운 한숨 소리를 들어야만 했고 아빠의 야멸찬 비난을 감수해야 했다. 언니보다 잘하지도, 전교 1등인 서율을 꺾지도 못했다는 자기혐오는 덤이었다. 무척 힘든 시간을 죽은 듯이 보냈다.

겨우 유지했던 프라이드가 짓밟혔다. 연아는 정우를 진

심으로 좋아했지만, 숫자의 세계에서 벗어나는 일은 불가능했다.

그 잔인하고 삭막한 세계 또한 연아의 일부였기에.

"앞으로 공부에 집중하려고. 과외도 하나 더 할 거야."

"그렇구나."

"서운해하지 않았으면 해서 직접 말하러 왔어. 그……
우리 있잖아……."

만약 열여덟 살이 아닌 스무 살에 만났다면 달랐을까?
고등학교를 졸업하고, 온갖 지겨운 시험들을 다 끝내고 어른이 돼 마주했다면 다른 운명이 펼쳐졌을까? 내다볼 수 없는 미래의 정답을 미리 고르는 일은 불가능했다. 그러나 연아와 마지막으로 함께 걷는 이 순간만큼은, 정우는 답을 선택할 수 있었다.

좋아하는 사람이 곤란한 말을 직접 하게 내버려 두고 싶지 않았다.

"연아야. 나 성적이 많이 올라서 최근에 담임이랑 면담했었어."

"그래? 몰랐네."

"그때 말했어. 너랑 같이 앉는 거 부담스러워서 싫으니까 자리 바꿔 달라고. 담임이 안 그래도 항의하는 학생이 또 있었다면서 다음 주에 당장 원래대로 바꿔 준다더라."

"어?"

"아무리 생각해도 우리는 너무 다른 것 같아."

"진심이야?"

"응. 그러니까 원래 네가 있던 자리로 이제 돌아가."

정우는 연아를 바라보았다. 얼마 전 서럽게 울던 모습과 지금의 가여운 눈두덩이가 겹쳐 보여 눈 속에 오래 담을 수 없었다. 쓰게 웃으며 어깨를 두드려 주곤 먼저 앞으로 나아갔다. 이제는 안아 주지 못했다.

이건 연아가 바란 결말이긴 했다. 너 대신에 공부를 선택했으니 우리 관계는 친구로 돌아가자고. 행여나 정우가 서운해하면 뺨에 입을 맞추며 가볍게 위로해 준 뒤 집으로 달아날 생각이었다. 정우에게 이른 작별을 고하는 일이 속상하더라도 반드시 이행하리라 굳게 결심했었다. 힘들어도 마음을 꾸역꾸역 정리했다. 여전히 마음속에 남아 있는 애정을 부정하지 못했지만, 여태껏 지켜 온 숫자를 포기해야 한다는 대가가 너무나도 컸다. 연아는 무엇을 잃기보다 차라리 선택하길 바랐다. 연아가 선택한 것은 타인이 아닌 자신의 세계였다.

사랑을 컨트롤할 수 없다면 스위치를 꺼 버리는 일이 가장 안전했다. 그러니 복잡하게 생각할 필요가 없었다. 분명 이별을 예상하고 오늘 정우를 만났다.

하지만 정우는 처음부터 끝까지 연아의 세계와는 다른 사람이었다. 어렵게 준비했던 말을 먼저 꺼내 줬다. 모진 말을 뱉고 떠나가는 정우를 되레 불러 보고 싶은 마음을 꾹 참았다. 다만 생각할 뿐이었다.

'거짓말……. 진심 아니면서…….'

서로가 암묵적으로 합의한 거짓을 끝으로 둘은 첫사랑을 단념했다. 반장은 다시 반장이 됐고 광대는 다시 광대가 됐다. 각자의 자리로 되돌아가는 일은 어렵지 않았다. 강렬해도 언젠가는 반드시 끝나는 키스처럼 둘의 관계 역시 마침표를 찍었다.

졸업한 후에도 둘은 연락하지 않았다. 다른 연인을 맞이했고, 다른 사랑을 탐하며 살았다. 어떤 소설가가 한 말처럼 대부분의 이별은 영구적이었다. 되돌아오는 운명이란 현실에서 흔한 일이 아니었다.

리본으로 묶어 둘 수 없는 현재는 매일 선물처럼 우리에

게 주어지지만, 그 선물을 언제 누구와 열어 볼지 정하는
일은 간단하지 않다.

그렇기에 엇나간 서로의 선물은 영원히 잊을 수 없다.

2와 98. 서로는 서로에게 분명 유일한 존재였다.

짧았던 시간이라 할지라도 그들은 각자의 '1'이었으니
까.

*

이야기는 공원을 두 바퀴나 돌고 나서야 끝이 났다. 슬슬
자리를 이동해야만 했다. 도현과 함께 더 있고 싶었기에
쉬지 않고 달려가는 시간이 아쉬웠다. 다음번에는 학원을
마친 뒤 떡볶이를 함께 먹자고 제안해야겠다. 물론 도현이
잘 먹을 수 있게끔 맵지 않은 가게로 말이다.

도현은 연아의 이야기에 여운이 남았는지 말없이 걷기
만 하다 짧은 침묵을 끝내고 물었다.

"첫사랑은 정말 이뤄질 수 없는 걸까?"

"사랑엔 공식이 없으니까 아무도 모르지."

나는 비극적인 질문에 무력하게 고개를 끄덕이고 싶지

는 않았다.

"1반에 그런 일이 있었다는 걸 왜 나는 처음 알았지?"

"바보야. 연애 사정은 당사자들만 알아야 더 각별한 거야."

"그러는 넌 어떻게 알았는데?"

"비밀이야."

도현은 내게 그 많은 썸 이야기들을 알게 된 비결을 알려 달라며 장난스레 물었다. 나는 괜히 속도를 높여 걸으며 달아나는 시늉을 했고 도현은 나의 장난에 호응하며 뒤를 쫓아왔다. 머리칼을 스미는 바람이 차가웠으나 난데없는 술래잡기에 데워진 두 뺨이 쉽게 식지 않았다. 우리는 유치하게 달음박질치고 쫓으며 히히덕거렸다. 같이 있으면 자꾸만 유치해졌다.

"잡았다!"

"으하하하. 가방끈 늘어나."

"내가 묻는 거 하나 더 답해 줘."

"뭔지 몰라도 나 슬슬 가야 돼."

"가면서 얘기해."

도현 역시 잠깐의 장난 덕에 따뜻해진 숨을 뱉었다. 우리는 다시 거리를 좁혀 나란히 섰고 공원 밖으로 향했다. 하늘에 별 한 점 뜨지 않는 도시의 밤이지만 전경이 쓸쓸하지 않았다.

"뭔데?"

"혹시 사랑이 어려운 이유는 우리가 어리기 때문이야?"

서로 좋아해도, 오래 짝사랑해도, 마음까지 확인해도 쉽게 이뤄지지 않는 것. 사랑이란 축복이면서 동시에 족쇄이기도 했다. 영원히 잊지 못할 기쁨과 아픔을 동시에 주니까. 만약 우리 중 한 명이라도 열여덟 살이 아니었다면 달랐을까? 나는 선뜻 대답하지 못했다.

도현은 나의 침묵이 어떤 답을 내포하는지 단박에 알아차렸다.

"나이도 정답이 아니야? 대체 해피 엔딩은 존재하지 않는 거야?"

나는 일부러 지름길을 피해 빙 둘러 가는 코스로 방향을 틀었다. 스터디 카페에 늦을지도 모르지만 도현에게 들려줄 하나의 이야기가 더 있었다.

"이번 썸은 먼발치서 보면 해피 엔딩인 이야기야."

"그래? 어떤 얘기길래."

"어른을 사랑했던 친구 이야기."

"어른이라면 성인?"

"미술 학원에서 만났다고 하던데 말이야……."

청춘, 싹이 푸르게 피어나는 봄처럼 인생에 단 한 번밖에 오지 않는 시작의 시간이자 마음이 잉태되는 순간이다. 그러나 같은 봄이라 할지언정 모든 꽃봉오리가 똑같은 모습으로 피어나지는 않는다.

누군가의 청춘은 뜨겁게 타오르는 한낮의 태양처럼 상대의 심장을 밝히고 또 누군가의 청춘은 아침을 가로막는 새벽의 어스름처럼 상대의 마음을 도둑질한다.

그래도 걱정 말자. 어스름은 언젠가 사라지기 마련이니까.

사랑의 온도

난초는 미술 학원이 싫었다. 어려서부터 미술을 좋아했고, 실력도 제법 괜찮았으나 입시 미술은 영 적성에 맞지 않았다. 예술은 창작이라고 했으면서 학원에서는 늘 따분한 것들만 가르쳤다. 친구들과 경쟁하듯 그림을 그려야 하는 일도 마음이 편하진 않았다. 복잡한 심경을 담아 토로하듯 부모님에게 말해 봤자 소용없었다.

'너만 힘든 게 아니야.'

단골 레퍼토리였다. 학원비로 쓴 돈을 운운하며 주어진 코스대로 걷기를 강요했다. 진로를 미술 쪽으로 정한 이상 인문계로 돌아가긴 늦었다고 타이르기도 했다. 난초는 이대로 계속해 봤자 좋은 결과를 얻어 낼 거란 확신이 없었다. 미술을 좋아했던 과거가 원망스럽기까지 했다. 차라리 수학이나 영어를 좋아했다면…… 하고 후회하는 날들이 늘어 갔다.

마음을 털어놓을 곳이 없는 학생들이 그러하듯, 난초 역시 심연에 해소되지 않는 우울을 숨겨 놓았다. 가시밭길을 걷는 심경으로 꾸역꾸역 학원을 다녔다.

그러다 발걸음이 가벼워진 건 5월부터였다.

"쌤, 저 왔어요."

"어쭈, 난초가 웬일로 지각을 안 했어?"

"아직 다른 애들 안 왔죠?"

"응. 없어."

"그럼 쌤…… 이거 드실래요? 저 먹으려고 카페에서 마들렌 샀는데 하나 남아서요."

기존에 근무하던 미술 강사가 예고 없이 퇴사해 버린 탓에 공석이 생겼다. 원장은 빨리 공석을 채우길 희망했고 부랴부랴 주변에서 소개를 받아 강사를 한 명 데려왔다. 대학교 3학년 휴학생인데 학벌이 좋은 편이었고, 짧지만 근무 경력도 있었다. 남자는 이전 학원에서는 페이 문제로 일을 관뒀으니 월급만 적절하게 준다면 오래 일할 거라는 뜻을 밝혔다.

그렇게 스물여섯 살 한결은 원장의 신임을 받아 고용됐다. 원생들과도 빠르게 친해졌다. 5월에 강사 일을 시작하자마자 학생들과 스스럼없이 장난을 칠 정도로 친밀감을 쌓았다.

"잘 먹을게."

"남아서 드리는 건데요, 뭘."

"쌤 주려고 산 게 아니라?"

"아닌데요!"

난초는 한결을 위해 학교 수업이 끝나자마자 카페 섬머에 들렸었다. 차마 당신을 위해서 샀다는 진솔한 말을 할 수는 없었지만 그런 식으로라도 마음을 표현하고 싶었다. 학원이 싫어 세월아 네월아 느린 걸음으로 오던 난초는 한결이 근무를 시작한 후부터 눈에 띄게 지각이 줄었다.

한결이 마들렌을 베어 물며 난초의 곁으로 다가갔다.

"집에서 구도 연습은 좀 했어?"

"아직 어려워요."

"내가 봐줄게."

"아……."

한결이 난초의 책상 쪽으로 상체를 기울여 가깝게 다가

갔다. 귀밑에는 한결이 이른 저녁에 뿌려 놓은 우드 계열 향수의 잔향이 옅게 나고 있었다. 난초는 숨 쉴 때마다 선명해지는 향기를 모른 척하며 연필을 만지작거렸다. 손까지 꽁꽁 묶어 두기에는 긴장돼 어쩔 줄을 몰랐다.

"이 부분은 구도보다도 색감에 신경을 써야 해. 투시도 더 많이 주고, 이런 식으로……."

한결이 기다란 손가락을 움직이며 무언가를 설명할 때마다 난초는 혹시라도 손끝이 닿을까 봐 조마조마했다. 아무렇지 않은 척 중인 포커페이스가 흐트러질까 봐 두려웠다. 그러면서도 내심 닿아 보고 싶었다. 한결은 난초의 취향에 딱 맞는 사람이었다.

학교에서 매일 보던 남자아이들과는 달랐다. 장난을 치거나 톡 쏘는 말로 공격해도 한결은 당황하지 않았다. 시종일관 여유가 넘쳤다. 오히려 촌스럽지 않은 유머로 받아치며 난초가 예상하지 못한 사이에 마음의 틈을 파고들었다.

정갈하게 손질된 헤어스타일과 캐주얼한 옷차림, 누구와 나눠 낀 건지 묘한 질투를 불러일으키는 새끼손가락의 반지, 가격대가 꽤 있는 브랜드 신발.

한결에겐 알 수 없는 아우라가 있었다. 다가가기 불편할 정도는 아니었지만 쉽게 다가갈 수도 없는 레벨의 남자였다. 노련한 자기 관리에서 10대 여학생이 한번쯤 돌아볼 법한 끼가 넘쳐흘렀다.

"쌤, 저희 왔어요! 임난초, 벌써 왔어? 요즘 왜 이렇게 일찍 옴?"

"일찍 온 덕에 난초는 나랑 먼저 시작하고 있었어."

원생들이 들이닥치자 한결은 자연스럽게 곁에서 멀어졌다. 한결은 여러 학생을 골고루 봐주는 척 공간을 돌았지만 모든 학생을 똑같이 대하진 않았다.

"난초야, 쌤이 연필 깎아 줄까?"

"어! 제가 깎을게요."

"아냐. 앉아서 쌤 연필로 드로잉하고 있어."

끝이 뭉툭하게 닳은 난초의 4B 연필을 챙겨 가 손수 깎아 주었다. 연필 하나 깎는 일쯤이야 학생에게도, 강사에게도 어려운 일이 아니었지만 그 사소한 일을 각별히 챙겨 주는 건 다른 이야기였다.

난초는 한결의 차별적 친절을 느낄 때마다 혹여 착각하는 건 아닌지 자신을 호되게 검열했다. 하지만 그럴 필요가 없었다. 한결은 난초를 다르게 대하고 있는 게 맞았다. 난초의 눈빛이 다른 여학생들과는 다르단 걸 진작에 알아차렸기 때문이다.

수업이 끝나고 난초는 물통을 씻기 위해 화장실로 향했다. 복도 끝에 한결이 있었다. 한결에게 말을 더 걸어 보고 싶었으나 마땅히 할 말이 없었기에 화장실로 들어갔다.

먼저 물통을 씻고 있던 수진이 말했다.

"난초야, 너 한결 쌤이랑 뭐 있어?"

"아니, 없어."

"근데 왜 쌤이 너 올 때까지 저기서 기다리고 있냐?"

"날 기다렸다고? 폰 보고 계시던데?"

수진이 고개를 갸웃거리더니 세척한 도구를 탈탈 털었다. 혹시 뭔가를 알고 물어보는가 싶었지만 힌트는 주어지지 않았다. 난초는 잘생기고, 키 크고, 옷도 잘 입는 20대 남자가 자길 좋아할 리 없다고 고개를 저었다.

수진은 작은 목소리로 한 번 더 말했다.

"그냥 걱정돼서 하는 말인데……."

"뭔데?"

"미성년자 건드는 성인은 하자 있는 사람들이래."

난초는 자신도 모르게 미간을 찌푸렸다. 수진이 구겨진 얼굴을 보더니 재빨리 도구를 챙겨 화장실을 나가 버렸다. 남의 집 초인종을 누른 뒤 줄행랑을 치는 꼬마 같았다. 난초는 마음 같아서는 한결 쌤은 그런 사람이 아니라고 역정을 내고 싶었으나 감정을 들킬까 봐 참았다. 화장실에서 분을 삭인 뒤 느릿한 발걸음으로 나갔다.

한결은 그때까지도 복도에 있었다.

"이제 집에 가니?"

"네. 쌤은 안 가셨어요?"

한결이 쥐고 있던 휴대폰을 몇 번 터치하더니 구스타프 클림트의 <에밀리 플뢰게의 초상>을 보여 주었다. 난초가 좋아하는 작품이었다. 대뜸 미술 작품을 보여 주는 걸로 보아 할 말이 더 있는 게 틀림없었다. 난초는 한결이 정말로 자신을 기다렸을지도 모른다는 생각에 설렜다.

"클림트의 작품은 구도랑 색감이 참 좋다고 생각해. 네가 참고하면 좋겠어."

"혹시 저한테 그 이야기를 해 주려고 기다리신 거예요?"

"아니."

역시 그렇지, 난초는 잠깐이나마 감정 롤러코스터에 탑

승하려고 했던 게 부끄러웠다.

"그럼 왜 여기에 계세요?"

"주말에 클림트 전시회 같이 가자고 하려고. 번호 알려
줄래?"

한결이 휴대폰 다이얼 화면을 띄운 채로 난초에게 내밀
었다. 난초의 머리가 새하얘졌다. 혹시나 아직 수진이 가
지 않고 남아 있는지, 다른 강사가 보고 있지는 않은지 주
변을 살폈다. 아무도 없다는 걸 확인한 후에야 전화번호를
꾹꾹 찍었다.

"집 조심히 가. 연락할게."

난초는 어안이 벙벙했다. 강사랑 제자 사이인데 연락처
정도는 교환할 수 있지 뭐 어때, 그리 생각하려고 했지만
역시 그런 상황이 아니란 건 직감적으로 알 수 있었다. 수
진의 말이 신경 쓰였지만 한결은 배 나온 아저씨가 아니니
상관없다 생각했다. 그럼에도 왠지 알리면 안 될 것 같은
마음이 느껴졌다.

집으로 돌아가는 길에 난초는 먼저 자신에게 다가와 데
이트를 신청한 한결의 말을 몇 번이고 머릿속에서 반복 재
생했다. 은밀한 제안 같아 두 배는 더 짜릿했다.

정신을 차려 보니 이미 롤러코스터에 탑승한 상태였다.

*

전시회를 보러 가기로 한 날, 한결이 집 앞까지 데리러 왔다. 난초는 놀러 갈 때 늘 대중교통만 타다가 처음으로 누군가의 차에 탑승했다. 한결의 차 모델이 정확히 무엇인지는 몰랐으나 왠지 비싸 보였고, 게다가 직접 운전해 집 앞까지 온 모습이 무척 멋져 보였다. 자신을 위해 운전을 해 주는 성인 남성의 옆 좌석에 앉아 편히 등을 기대고 앉으니 꼭 잘나가는 학생이 된 기분이었다.

물어볼까 말까 하다가, 부드럽게 웃어 주는 한결의 미소를 보고 용기를 냈다.

"이거 쌤 차예요?"

"아빠 차야. 내 건 곧 뽑아 주신다고 해서 기다리는 중이야."

"헉!"

"내가 왜 굳이 아빠 차까지 끌고 널 데리러 왔는지 알아?"

혹시 쌤이 오래전부터 나를 좋아해서? 난초는 속으로 행복한 상상을 실컷 했다. 운명 같은 학원에서의 만남, 비록 제자와 강사로 이어졌을지언정, 게다가 미성년자와 성인이라는 구분이 있을지언정 한결 같은 남자라면 수진이 말한 것과는 상관없으리라 믿어 의심치 않았다. 곧 차를 구매할지도 모르는 멋진 한결이, 아빠 차를 빌려 집 앞까지 온 데는 다분히 낭만적인 이유가 있어야만 했다.

난초는 이성적인 사람이었다. 타인에게 헌신하는 백마 탄 기사라는 건 세상에 존재하지 않음을 알고 있었다. 로맨스 소설에서 그런 사랑 이야기가 나올 때마다 뻔한 신파 같다며 싫어했다. 미디어에 넘치는 달콤한 이야기들이 모두 비즈니스의 산물이란 걸 꿰뚫었다. 그런데도 정작 자신에게는 지금 그런 사랑이 찾아왔을 거라 믿었다.

난초는 고르고 고른 치마가 신경 쓰여 그 위에 가방을 올려 두고는 대답을 망설였다. 한결이 핸들을 꺾으며 난초를 물끄러미 바라보았다.

"차 없이 시립 미술관에 가려면 덕수궁 돌담길을 걸어야 하거든."

"아…… 걷기 싫으셔서 차를 가져오셨군요?"

생각한 것과는 다른 이유였다. 난초는 혼자서 북을 치고 장구까지 친 것이 민망하기도 했지만, 맥이 빠지는 답변이라 실망한 티를 감추지 못했다. 그러나 한결은 능숙하게 다음 말을 덧붙였다.

"그 길을 함께 걸으면 반드시 헤어진다는 속설이 있대. 그래서 너랑은 걷고 싶지 않더라."

난초가 깜짝 놀라 고개를 휙 돌렸다. 사방이 막힌 차 안, 밀폐된 공간에서 바라본 한결은 생각보다 너무나 가까운 위치에 있었다. 손을 뻗으면 금방이라도 닿을 거리였다. 방금 들은 말은 유사 고백 수준이었다. 운전할 때는 깜빡이를 잘 켜면서 대화할 때는 깜빡이 없이 훅 들어오는 남자, 과연 어른은 달랐다. 학원 밖에서 만난 건 오늘이 처음인데도 한결은 생각보다 너무나 빠르게 난초의 세상 속으로 침투했다.

"왜 말이 없어?"

"뭐라고 답해야 하는지 고민 중이에요."

"오래 알아 가고 싶다는 뜻이었어. 부담 갖지 마."

"하하……."

난초의 첫 연애는 중 1 때였다. 중 3 때도 연애를 했고,

고등학교에 올라와서도 남자 친구를 사귀었다. 나름대로 연애에 있어서는 베테랑에 가깝다고 자신했다. 절대 만만하게 보일 리 없다고 생각했다.

하지만 한결은 대학생이었다. 연애 횟수를 굳이 따질 필요가 없는 남자였다. 무엇을 하면 여자들이 좋아하는지, 여자들이 보여 주는 긍정적인 비언어적 표현이 무엇인지 명쾌히 알고 있었다. 난초는 마음을 들키지 않기 위해 필사적으로 표현을 잠가 보려 했지만, 그때마다 고장 난 수도꼭지처럼 감정이 새어 나왔다. 한결은 어리숙한 상대의 반응을 제법 즐겼다.

둘은 미술관에 도착해 클림트 전시를 함께 감상했다. 한결의 미술 지식이 월등한 덕에 오디오 가이드를 대여하지 않아도 충분히 전시를 즐길 수 있었다.

'쌤 존나 멋있다.'

그 점이 난초를 더욱 설레게 했다. 겉으로는 은근한 날티가 흐를 정도로 잘 꾸미는 사람이면서 자신보다 곱절은 더 똑똑했다. 나란히 걸으며 작품을 감상하는 동안 난초는 이것저것 질문을 했고 한결은 능수능란하게 답을 해 주었다. 한결에게서 매력들이 쏟아져 나왔다.

자꾸만 불어나는 호감을 마음은 맛있게 받아먹었다. 더 맛보고 싶다는 욕구가 요동쳤다.

"난 작품에서 제일 중요한 건 색감이라고 생각해. 어떤 색을 쓰냐에 따라 많은 게 달라지거든."

"클림트 작품들은 난색이 지배적인 거 같아요. 따뜻하고 온화해요."

"이런 작품들을 많이 감상하다 보면 입시에 도움이 될 거야. 미술에선 영감이 중요하잖아."

"엄마 아빠가 저한테 그런 말을 해 줬다면 얼마나 좋았을까요?"

"왜? 평소에 압박이 심하시니?"

"제 상황을 너무 몰라주세요. 그래서 쌤이 오기 전에는 엄청 우울했어요⋯⋯."

"많이 힘들었겠다."

한결의 다섯 손가락이 난초의 손목을 훑더니 손가락 사이로 파고들었다. 갑작스러운 스킨십이라 의문을 제기할 틈도 없었다.

어린 시절 친척에게 용돈을 받으면 난초는 '안 주셔도 괜찮아요.'라 말하며 습관적으로 거절부터 했다. 돈이 싫어서가 아니었다. 아무런 대가 없이 뭔가를 받아선 안 된다는 가정 교육에서 비롯된 버릇이었다. 하지만 엄마는 난초에게 어른이 주는 돈은 괜찮다며 감사를 표하고 받으라 일렀다. 난초는 그때마다 헷갈렸다.

어른에게 받으면 되는 것은 무엇이고 안 되는 것은 또 무엇인지.

저돌적인 한결의 표현을 어떻게 받아야 할지 마음이 어지러웠다. 고민 끝에 저항 없이 한결의 손을 맞잡았다. 한결은 그 손을 자상하게 이끌어 아름다운 여인이 그려진 작품 앞에 섰다. 난초에게 보여 주었던 <에밀리 플뢰게의 초상>이었다.

"클림트가 스물아홉 살이었을 때 열일곱 살의 에밀리를 처음 만났대."

"열두 살이나 차이가 나네요."

"그렇지만 둘은 낭만적인 사랑을 했어. 클림트가 죽는 순간까지도."

"낭만……."

"우리의 만남도 낭만이 아닐까? 앞으로 힘든 일이 있으면 나한테 언제든지 말해."

"쌤한테 그래도 되나요?"

"선생님 이전에 오빠니까."

난초는 그림 속 여인을 한참 바라봤다. 한결에게 비친 자신도 이처럼 아름답고 애틋한 모습일까. 나이라는, 그저 세월이 흘러가는 대로 매겨진 숫자를 초월한 진정한 사랑이 현 세기에도 존재하지 않을까. 난초는 큰 나이 차를 극복한 연예인 커플들의 기사를 떠올렸다. 자신이 기사 속 주인공이 된 기분이었다.

마지막으로 감상한 작품은 전시회의 메인 작품인 <연인>이었다. 가로세로가 각각 180cm인 커다란 화폭에 금빛 키스를 하는 남녀의 모습이 담겨 있었다. 관중들이 많아 둘은 몇 발짝을 떨어져 먼발치에서 작품을 감상했다. 난초는 맞잡고 있는 한결의 손에 흐릿하게 들어가는 힘을 느꼈다.

"저건 원화가 아니라 레플리카야."

"그렇구나."

"하지만 의미는 있지."

"어떤 의미요?"

"이 작품을 바라보는 우리만큼은 이 순간, 진짜라는 의미."

한결에게 이 관계는 마음 졸일 필요 없이 본인이 내고 싶은 속도대로 달려도 좋은 레이스였다. 과하게 속도를 내고 있다는 점을 알았지만 멈추지 않았다. 만약 난초가 한결보다 훨씬 더 꼼꼼한 상대였다면 행동을 하기 전에 몇 번이고 스스로를 검열했을 것이다. 하지만 한결에게 난초는 귀여워 마지않는, 조금 더 냉정한 표현으로 말하자면 만만한 상대였다. 두 번째 데이트로 떠난 한강 둔치 피크닉에서 둘은 포옹했고, 세 번째 데이트를 끝마친 차 안에서 키스했다.

　난초에게 한결은 거스르지 못할 불꽃이었고 한결에게 난초는 손바닥 위에 올려 둔 무당벌레였다.

　"오빠 내 어디가 좋았어요?"

　"전부 다."

　"에이."

　"예쁘고 귀엽고 착하고 무엇보다도 순수한 거."

　"순수?"

　"응. 넌 참 순수해서 좋아."

　여름 방학이 시작되기 직전, 7월 중순. 둘은 길가의 다른 커플과 다름없는 연인이 됐다.

*

    한결은 자상하고 너그러웠다. 약속 시간에 30분을 늦어도 화내는 일이 없었다. 늘 난초를 태우러 집 앞까지 찾아왔고 걸을 때는 절대 난초를 차도 쪽에 서게 하지 않았다. 난초는 한결과 사귄다고 동네방네 자랑하고 싶었지만, 섣불리 말을 해선 안 된다는 자각이 있었기에 충동을 참았다. 둘은 합을 맞춘 적이 없어도 학원에서는 관계를 숨겼다. 그 뻔뻔한 비밀 놀이 속에 몰래 키득거리기도 했다.

    친구들에게 당당히 말하지 못하는 만남인 걸 알고 있어도 상관없었다. 지금 이 순간이 행복하면 그만이었다.

    여름 방학이 시작되고 난초는 평일뿐 아니라 주말에도 학원을 등록했다. 엄마는 평소 학원을 싫어하던 난초가 갑자기 열정을 보이는 모습이 수상했다. 딸에게서 '입시에 매진하겠다.'라는 꽤 그럴싸한 포부를 들어도 묘한 의구심을 지우지 못했다. 외출 전에 한껏 치장하고, 귀가 시간도 늦어지는 모습은 누가 보아도 연애를 시작한 여자의 모습이었다.

    "임난초. 너 대학 가라고 학원 보내는 거지, 헛짓거리하라고 보내는 거 아니다."

"열심히 다닌다고 해도 왜 그래?"

"요즘 옷 꼬락서니가 그게 뭐야?"

"내가 알아서 입어."

"남자라도 만나고 다니니?"

"짜증 나 진짜."

"이게 까져 가지곤? 연애질이나 하라고 미술 시키는 줄 알아? 양심이 있으면 미안하게 생각해야 하는 거 아니야?"

"미안하기는 뭐가! 잔소리 좀 하지 마!"

"자꾸 대들면 외출 금지야!"

난초는 엄마와 자주 다투었고 그때마다 소리를 치곤 나가 버렸다. 지겨운 싸움이 반복됐고 엄마의 목소리도 끝없이 커졌다. 언어가 거칠어질수록 난초의 마음은 더 깊게 긁혔다. 집으로 돌아가는 게 싫어서 1초라도 더 오래 바깥에 머물기 위해 애를 썼다.

공부를 잘해야 성공한다는 말, 부모님 말씀을 잘 들어야 인생이 순탄하다는 말, 그런 말을 신뢰하는 10대는 그 어떤 시대에도 존재하지 않았다. 그들에게는 그들의 삶과 방식이 있었다. 다만, 세상이 그 형태를 인정하지 않을 뿐이었다.

마음이 지치고 힘들 때마다 한결을 더 세게 끌어안았다. 한결의 살결을 만지면 우울감이 평안으로 바뀌었다. 한결 역시 난초의 불안을 모르지 않았다. 사귄 지 3주가 넘은 시점, 오피스텔에 난초를 초대했다.

한결은 늘 침착했고 여유가 넘쳤다. 삶에 힘들어하는 난초와 달리, 스트레스를 받지 않는 강한 남자처럼 보였다. 월급을 받는 사회인이라 경제적으로도 훨씬 풍족해 고가 제품을 자주 구입했다. 난초는 그게 멋져 보였다. 그 마음은 사랑이자 동경이었다.

둘은 열 평 남짓의 오피스텔에서 서로를 끌어안고 대화를 나누었다.

"난초가 속상해하는 걸 보면 내 마음이 아파."

"엄마 아빠 없이 오빠랑만 살았으면 좋겠어요."

"얼른 어른 돼서 오빠랑 같이 살자. 책임질게."

"오빠는 차가운 것 같은데 알고 보면 로맨틱해요."

"그거 알아? 내 이름 뜻이 '깊은 바다의 차고 맑은 물결'인 거."

"나는 따뜻할 난(暖)에 풀 초(草)인데 오빠랑은 반대네요."

"그래서 더 끌리나 봐."

한결이 탁자 위에 올려 둔 작은 상자 하나를 가져와 난초에게 주었다. 그 안에는 명품 브랜드인 D사의 립 제품이 있었다. 용돈을 넉넉히 받는 난초의 친구들도 마음을 먹고 구매하는 제품이었다.

"이게 뭐예요?"

"선물. 오빠가 사랑하는 거 알지?"

난초는 믿었다. 아픈 마음을 모두 이해해 주고 진심으로 감싸 주는 존재는 한결이 유일하다고. 한결이 반드시 어떠한 구원자가 돼 줄 거라고. 눈앞의 남자가 운명의 상대라 믿기 위해 경험하지 못한 영역을 친구들보다 일찍이 알아 가는 위험을 감수하고자 했다.

'오빠는 다른 어른들이랑 달라.'

한결과 마주 본 채로 지그시 눈을 감았다. 한결이 난초의 뺨을 어루만지고는 자연스레 머리를 쓰다듬었다. 그 손은 등허리로 내려갔고 둘의 거리는 손 한 뼘도 들어가지 못할 만큼 가까워졌다. 습기가 가득 찬 숨을 뱉으며 그대로 같은 방향으로 쓰러졌다.

"너무 빠른 것 같아요……."

"말했잖아. 책임진다고."

"그래도 아직은……."

"난 이다음이 없으면 연애가 아니라고 봐."

한결은 불을 끄고 커튼을 쳤다. 난초가 딴청을 피우며 휴대폰을 보려고 하자 부드러운 손길로 휴대폰을 엎어 버렸다. 그 손 위로 자기 손을 포개어 행동의 주도권을 잡았다. 서로 다른 속도로 뛰는 선수가 달리기를 하면 대개는 앞서 나가는 선수를 따라잡기 위해 느린 선수가 필요 이상으로 애를 써야만 한다.

어떤 어른은 상대의 속도를 맞춰 주지 않는다.

들풀들이 모두 잠든 시간이었다. 일찍 비를 맞아 버린 난초가 물기를 탈탈 털어 내려 했다. 하지만 잎사귀에 남은 빗물은 사라지지 않았다.

*

친구들은 방학 중에 삼삼오오 모여 자주 놀러 다녔다. 맛집을 방문하거나 근거리로 여행을 떠나기도 했다. 매일같이 인스타 스토리가 업데이트됐지만, 그 속에 난초는 없었다. 난초는 주로 한결의 자취방에서 시간을 보냈는데 그마저도 만남의 빈도는 점점 줄어들었다.

한결은 부쩍 바빠졌다. 대학 동기들 모임에 나가거나 친구를 만났다. 데이트 후 집으로 돌아갈 때 차로 데려다주지 않고 택시비만 쥐여 주는 날도 많아졌다.

"우리도 여행 가요."

"다음에."

"그럼 오늘 빙수 먹으러 가요."

"나 2시간 뒤에 가야 하는데 다른 거 하자."

"다른 거?"

"알잖아."

옷을 입고 있는 난초와 벗고 있는 난초를 바라보는 한결의 온도는 점점 더 달라졌다. 난초는 그래도 한결을 미워하고 싶지는 않았다. 일단 옷을 벗기만 하면, 한결의 눈빛에는 사랑이 들끓었으니까.

태초의 모습으로 살을 맞댈 때만큼은 우린 참 잘 맞아, 라고 한결이 말했으니까.

"나도 놀러 다니고 싶은데."

"오빠가 난초를 많이 사랑해서 그래. 알지?"

서운한 티를 내면 한결은 대충 아름다운 말로 상황을 무마하려 했다. 난초는 삶을 구원해 줄 사람을 괴롭히고 싶지 않았기에 입을 다물고 입술만 내주었다.

집에서 속상한 일을 한가득 싣고 오는 날에도 그 보따리를 한결 앞에서 풀 수가 없어졌다. 마음에 들러붙은 앙금은 두 배로 불어났다. '네 마음을 위로해 줄게.' 같은 이유로 과거에 한결은 난초의 말을 경청해 주었으나 이제는 다만 난초를 눕힐 뿐이었다.

한번 알고 나면 절대 알기 전으로 되돌아갈 수 없는 것들, 스킨십도 그중에 하나였다. 안타깝게도 사랑이 사라진 스킨십에는 각별한 마법이 없었다. 난초는 한결과 밤을 보내면 더욱 외로워졌다. 원인 모를 통증이 느껴지기도 하고, 월경 주기가 널뛰기도 했다. 친구에게도 털어놓지 못해 인터넷 검색에 의존해 약을 사다 먹는 게 전부였다. 산부인과에 가는 건 도저히 용기가 나지 않았다.

"푹 쉬면 괜찮아질 거야. 걱정 마!"

한결은 남의 경기에 초빙된 치어리더처럼 공허한 응원만 해 줬다. 다행히 특별한 건강 이상은 아니라서 며칠 쉬면 몸이 회복됐으나, 매번 학교에서 가르쳐 준 적 없는 육체적 공포를 온몸으로 겪는 일이 괴로웠다.

'임신만 아니라면 괜찮겠지.'

난초는 많은 밤을 휴대폰 속 텍스트 지식에 의존해 보내야만 했다.

교제 사실을 숨겼기에 학원에서 한결이 다른 학생들에게 친절히 대해도 막을 수가 없었다. 수진은 그때마다 난초의 눈치를 살폈지만 별다른 말을 하지는 않았다.

한결은 난초에게 폭언하지 않았다. 못살게 괴롭히거나 돈을 빼앗지도 않았다. 그런데도 난초는 시간이 갈수록 괴로웠고 마음이 아팠다. 벗고 있는 순간만 사랑해도 괜찮다 믿었던 마음이 부질없다는 걸 알게 됐다.

'차라리 처음부터 잘해 주지나 말지⋯⋯.'

가장 좋아하는 사람을 가장 미워할 수도 있다는 걸 난초는 한결을 통해 깨달았다. 작은 병에 물을 미친 듯이 들이붓는 심정이었다. 목구멍 끝까지 차오르는 썩은 물이 숨을 막았고 지끈거리는 두통을 가져왔다.

사랑하는데도 죽어 가는 느낌이었다.

*

　어느덧 시간이 흘러 8월의 끝자락이었다. 난초는 답답함을 해소하기 위해 중학교 동창인 하은을 불렀다.

　"나 고민이 있어. 남자 친구가 생겼는데 대학생이거든? 원래 연상이랑 사귀면 이런가 싶어서……."

　하은은 마당발에다 주변에 관심이 많아 다양한 연애 케이스를 알고 있었다. 친구들 사이에서 꽤나 정평이 난 연애 상담가였다. (비록 자신은 무경력이었지만) 하은은 난초가 스물여섯 살의 대학생과 교제한다는 사실과 이미 진도도 빼 버릴 만큼 빼 버렸다는 점이 충격이었으나 차마 친구에게 일그러진 얼굴은 보여 줄 수가 없어 표정 관리에 진땀을 뺐다.

　분위기를 띄워 보고자 주제를 바꾸었다.

　"얼마나 잘생겼기에 네가 이렇게 쩔쩔매? 얼굴이나 한번 보자."

　"너도 보면 인정할걸."

　난초가 쑥스러운지 조금 머뭇거리다 휴대폰 사진첩을 보여 주었다. 하은은 과연 난초가 얼마나 잘생긴 남자를 만났기에 이 정도로 전전긍긍하는지 걱정과 기대를 동시에 느끼며 사진을 보았다.

그리고 두 가지 점에서 놀랐다. 첫째, 그 정도로 잘생기지는 않았다. 여덟 살이나 어린 난초가 매달려야 할 상대는 못 된다고 판단했다.

둘째, 처음 보는 얼굴이 아니었다.

"이 오빠 혹시 청홍대학교 다니지 않아?"

"어떻게 알아?"

"내 친구 인스타 스토리에서 봤었어. 걔도 미술 해."

"오빠가 아는 동생인가."

"아냐. 걔랑도 사귀었어. 4월쯤에. 그거 들켜서 이 오빠가 학원에서 잘렸다던데."

"뭐?"

하은은 다른 미술 학원에 다니는 친구의 사진들을 보여주었다. 한 장의 셀카 사진에 웬 남자의 한쪽 손이 보였다. 한결과 똑같은 손가락에, 똑같은 반지가 끼워져 있었다.

난초는 사진을 보고 말을 잇지 못했다. 한결이 스물여섯 살이니 첫 연애가 아닐 거란 사실쯤은 모르지 않았다. 과거에도 얼마든지 애인이 있을 수 있었다. 하지만 동갑내기

고등학생을 불과 몇 달 전에 다른 미술 학원에서 만났다는 점에서 말로 설명하기 힘든 역겨움을 느꼈다. 감정이 바닥부터 얼어붙었다. 뇌에서는 새빨갛고 나쁜 기운이 쏟아져 나왔다. 사람들은 이 느낌을 주로 '싸하다.'라고 표현했다.

그러나 지나간 사랑을 운운하는 일은 구질구질하다고 판단했다. 이성적으로 생각할 필요가 있기에 이 부분에 대해서는 언급하고 싶지 않았다.

"좀 깨긴 하는데 전 연애까지 들먹이고 싶지는 않아. 나도 해 봤고 뭘."

"난초야, 내가 이런 말까지 해도 되는지 모르겠는데."

"또 뭔데? 숨기는 게 있어?"

"그게……."

"뭐냐니깐?"

"내 친구가 이 오빠랑 헤어진 이유 말이야."

난초는 하은이 무슨 말을 할지 예측이 불가능했다. 하은의 표정에는 주저함과 미안함, 약간의 경멸이 섞여 있었다. 그런 얼굴로 뱉을 말 중에 좋은 말이라곤 단 하나도 없을 거다. 무슨 충격적인 말을 할지 겁이 났지만, 막고 싶지는 않았다. 두려움에도 불구하고 들어야 한다는 판단이 섰다.

"여자 친구가 따로 있대. 파리에서 유학 중인 언니라더라."

"그게 뭔 개소리야."

"이 오빠가 낀 반지, 커플링이야. 비싼 브랜드 링이라 안 빼고 다닌 거래. 꼭 자기가 직접 구매한 액세서리처럼."

"농담이지?"

"내 친구는 그걸 알아서 헤어졌어."

"나 돌아 버리기 전에 농담이라고 해 줘, 빨리."

"그 오빠 참 한결같네."

믿고 싶지 않았다. 삶의 구원자라 믿었던 오빠인데 애인이 있다니. 그러면서 두 명의 고등학생을 만났다니. 스킨십 후 지나치게 빨리 바뀌어 버린 태도 탓에 마음은 이미 정답을 알고 있었지만 외면해 왔다. 서글픈 일상에 유일한 기쁨으로 찾아온 사랑이었다. 의심하는 순간이 괴로웠기에 눈을 가려야만 했다. 하지만 이런 식으로 제삼자가 폭탄 같은 사실을 말해 주는 건 곤란했다.

그러면 더 이상 마음을 지킬 수가 없었다.

그날 난초는 하은에게 사실을 말해 줘서 고맙다고 하지 않았다. 오히려 화장실에서 수진을 향해 뱉었던 미움보다 더 큰 원망을 토해 냈다. 잘 알지도 못하면서 헛소리를 하는 거라 소리쳤다.

늦은 밤, 한결의 자취방에서 난초는 한결이 오기를 조용히 기다렸다. 아직 헤어지고 싶지 않았다. 같이 놀러 가고 싶은 곳도, 먹어 보고 싶은 음식도 많았다.

난초는 한결이 도착하자마자 품에 안겼다.

"오빠, 나 요새 많이 힘들어요. 친구랑 다퉜고 엄마랑도 싸웠어요."

"또 그 얘기야?"

"……."

"어휴, 넌 어째 사람들이랑 매일 트러블만 만드니? 근데 샤워는 했고?"

한결이 은근슬쩍 난초를 밀어내고는 욕실로 들어가 버렸다.

이건 바라던 답이 아니었다. 많이 힘들었냐고 위로해 주며 더 세게 끌어안아 줘야만 했다. 자신이 늘 곁에 있을 테니 괜찮을 거라는 말이 정답이었다. 아니, 그 정도까진 바라지 않으니 이마에 가볍게 입맞춤만 해 주어도 괜찮았다.

난초는 끝까지 버티려 했으나 이미 깨진 믿음은 아무리

잘 붙여 놔도 처음 상태로 돌아가지 못한다.

한결이 욕실에서 나오자마자 참아 왔던 울분을 토해 냈다.

"오빠, 나한테 숨기는 거 있죠!"

"갑자기 뭔 소리야. 나 피곤해. 그냥 눕자."

"다른 학원에서도 고등학생이랑 사귀었다면서요?"

한결의 얼굴이 깊은 바닷물처럼 서늘하게 바뀌었다. 낯선 온도와 조우하자 난초는 순간적으로 겁이 났으나 할 말은 다 해야만 했다.

"날 좋아하는 거 맞아요? 만만하니까 10대들만 노리고 다녔던 거 아니고요? 여자는 만나고 싶고 공들이긴 싫고 해서 고등학생 건드리고 다닌 거 아니냐고요."

"말조심해. 오냐오냐해 주니깐 이게."

"뭐라고요?"

"너도 나 만나는 동안은 돈 덜 쓰고 차 타고 다니면서 편하게 연애했잖아? 뭘 네가 손해 본 것처럼 굴어?"

난초는 처음 보는 한결의 섬찟한 얼굴이 본모습인 걸 깨달았다. 비밀스러운 만남의 대가는 가혹했다.

"오빠, 예전에 수진이가 그랬어요. 미자 건드리는 성인들 조심하라고."

한결은 콧방귀도 뀌지 않았다. 곤란함을 느끼기에는 가당치도 않은 논리였다.

"촌스럽기는. 나이 차이가 뭐 그리 문제가 되는데? 나이 많은 사람이 어린 사람 좋아하면 다 나쁜 거니? 그리고 날 좋아한다고 먼저 티 팍팍 낸 건 너잖아. 네가 어른 좋아하는 건 되고 그 반대는 안 돼? 난 너한테 내 방식대로 잘해 줬어!"

"끝까지 오빠는 오빠 생각만 하네요."

"미자가 벼슬이야?"

"유학 간 여자 친구도 있다면서요? 다 들었어요!"

그제야 한결이 당황한 듯이 머리칼을 뒤로 쓸어 넘기며 한숨을 뱉었다. 한결은 꼬리를 밟혀 곤란해하는 도둑처럼 뒤늦게 손가락의 반지를 빼더니 주머니에 넣었다.

"누가 그래?"

"누가 그랬는지가 중요해요?"

더 이상 대화를 나눠 봤자 큰 갈등으로 번질 뿐이었다. 난초는 신경질적으로 자취방 문을 닫고 나가 버렸다.

집으로 돌아가는 내내 눈물이 나려 했지만, 아랫입술을

꾹 깨물어 참았다. 상스러운 단어들로 한결을 모욕했다. 속은 풀리지 않았다. 아무리 욕을 해도 지금의 상황은 바뀌지 않았다.

원통했다. 한결이 학생들에게 쉽게 접근했고 본인도 그 덫에 놀아났다는 사실이, 그때 수진의 경고를 어리석게 무시했던 자신이, 힘든 일이 생겨도 누구에게 쉽게 털어놓지 못할 만큼 각박한 인간관계까지.

지하철을 타고, 다시 버스를 타고, 집으로 돌아가면서 난초는 가방에 담아 둔 휴대용 티슈를 쥐었다 놓았다를 반복했다. 청승맞게 울지 않으려 악착같이 버텼다. 울어 버리기엔 억울했다. 버림받은 기분과 어디에도 기댈 수 없다는 상실감에 심장이 바스러지는 것 같았다. 사랑의 단맛은 너무나 짧았고 쓴맛은 지나치게 길었다.

*

"쌤, 요즘 왜 난초한테 차갑게 대해요?"

둘은 헤어졌으나 학원에선 계속 만나야만 했다. 몰라보게 냉랭해진 강사의 태도에 원생들은 둘이 무슨 일이 있느냐고 물었다. 사귀었단 사실을 아는 이가 없었기에 강사와 원생 간의 사소한 다툼 정도로 생각했다. 수진은 예전과 다름없이 둘을 힐끔거리며 눈치를 살폈다.

한결은 사람 좋은 웃음으로 어물쩍 상황을 넘겼다. 전 여자 친구를 가르쳐야 하는 순간에도 여유가 넘쳤다. 난초는 단 한 순간도 한결에게 어려운 상대였던 적이 없었으니까.

한결이 쿨한 척 수업을 진행했다.

"난초야, 넌 아직도 색감을 잘 못 쓰는구나. 메탈 소재는 한색으로 표현해야지."

"……."

"예전부터 문제였는데 여전히 못 고치네."

사귀기 전, 한결은 난초에게 색감을 잘 사용하는 법을 알려 주고 싶다며 전시회에 데려가 줬다. 어떡하면 더 잘할 수 있을지 친절히 알려 주며 난초를 포용했다. 듬직한 어른이었다. 그때의 난초는 온몸에 힘을 빼고 모든 걸 한결에게 내던졌다.

뒤늦게 알게 된 사실이 잔인했다. 둘은 너무나 다른 사람이었다. 내던진다고 섞일 수 없는, 극명히 다른 온도였다. 어우러지지 않는 색을 억지로 배치하면 그림이 망쳐지고,

욕심을 내 물감을 섞는 순간 색감은 탁해진다. 좋은 그림에는 정답이 없지만 적어도 최소한의 주의 사항 정도는 존재했다. 난색과 한색을 동시에 사용하기가 어려운 것처럼.

난초는 더 이상 한결에게 수업받고 싶지 않았다. 또한 한결이 미웠기에 어떻게든 보복하고 싶었다. 원장실로 가 한결의 과거를 폭로하고 교제 사실을 모두 말했다. 이판사판, 잃을 게 없는 난초는 한결에게 최소한 생채기 정도는 내야 속이 시원했다.

원장이 둘을 불러 각자 입장을 말해 보라 채근했다. 한결은 관계를 곱게 정리하지 않으려는 난초의 태도를 확인하고 매서운 눈으로 흘겨봤다.

"한결 씨, 원생에게 이성적 목적으로 접근하신 거예요? 아무리 젊어도 성인인데 학원에서 그러면 곤란하지요."

망신당한 한결은 참지 않았다.

"이 친구가 혼자서 앞서 나간 겁니다."

한결은 난초를 손가락질하되 점잖은 표정을 지키려 이를 꽉 깨물었다.

"제가 고등학생이랑 엮여서 좋을 게 뭐가 있겠어요? 돈이랑 시간만 아깝지요. 저 여자 친구도 따로 있어요. 우리 난초가 아무래도 사춘기다 보니까 철이 없어서 뭔가 착각한 것 같아요. 곤란하네요! 난초야, 네가 제대로 말씀을 드려야 원장님이 오해를 푸시지 않겠어? 내가 수업 때 지적 좀 했다고 이래?"

난초는 손이 저렸다. 여태껏 느껴 온 그 어떤 감정보다도 더욱 명징하고, 차분한 분노가 몸을 휘감았다.

"원장 선생님. 한결 쌤은요, 이전에 신화 미술 학원에서도 원생이랑 사귀었대요. 페이 문제로 그만뒀다는 건 다 거짓말이에요."

"야!"

한결이 그제야 티가 날 정도로 목소리에 날을 세웠다. 한결의 미간 사이가 번데기처럼 오그라들었다.

"저 쌤은 고등학생 건드리고 다니는 게 취미였던 거예요."

"난초야, 네가 날 많이 좋아하나 보다? 없는 말까지 지어내는 걸 보면."

원장이 한결의 이력서를 꺼내 와 다시 살폈다. 거기에 적어 둔 경력은 신화 미술 학원이 맞았다. 해당 학원 원장에게 연락해 사실 관계도 확인받았다. 한결에겐 당황한 모습이 역력했다.

며칠 뒤 한결은 해고당했다. 부당 해고라 우기며 노동부에 진정서를 접수했고 원장은 이를 처리하느라 골머리를 앓았다. 이후에는 여자 강사가 채용됐다. 원생들은 어째서 실력 좋은 한결이 잘렸는지 의아해했으나 이유를 제대로 알진 못했다.

다만 강사들은 복도에서 난초를 발견하면 귓속말을 주고받았다.

"쟤야?"

딱 두 글자만 들려왔다. 그 뒤에 한결을 비난하는 말이 오고 갔는지 혹은 전혀 다른 말이 오고 갔는지는 들리지 않았다. 난초가 한 일이라곤 성인을 만나 연애했고, 속도에 맞춰 준 게 전부였다. 사람들은 사랑에 죄가 없다고 했으나 뒤에서는 낙인을 찍었다.

물통을 씻는 척 화장실로 숨듯이 뛰어 들어갔다. 거울 속 초췌해진 자신을 바라보자 참았던 감정이 터졌다. 힘겹게 참아 온 눈물이 속도 몰라주고 눈치 없이 계속 흘렀다.

"울어?"

수진이 화장실 입구에서 고개를 빼꼼 내밀었다. 난초는

뭘 구경하느냐고 화를 내고 싶었지만 목소리가 떨려 말이 나오지 않았다. 수진은 물통 안에 담긴 얼룩덜룩한 물을 세면대에 말끔히 비워 냈다.

그러고는 난초를 안아 주었다.

"너 잘못한 거 없어."

둘은 친하지 않았다. 이렇게 서로를 안아 주며 위로할 정도의 유대감은 없었다. 난초는 이성의 품이 아닌 친구의 품에 안기는 일이 익숙하지 않았다. 그러나 낯선 품을 거부하지 않았다.

"나는 네 편이야."

수진의 어깨에서는 고급스러운 향수 향이 아닌 가벼운 페브리즈 냄새가 났다. 난초는 스스로의 품에 안기는 듯한 감각으로 편안히 울음을 토했다. 둘은 화장실에서 오랜 시간을 나오지 않았다.

그리고 그 둘은

난초의 연애는 여름 방학을 넘기지 못했지만 나는 이별이 비극이라고 생각하지 않는다. 난초는 본인이 바라는 사랑이 어떤 것인지 깨달았고, 반대로 본인에게 위험한 사람이 누구인지 알게 됐다. 겪기 전에 알 수 있다면 얼마나 좋겠냐마는 인생의 어떤 교훈은 제법 잔인해서 겪기 전까지는 쉽게 알 수 없도록 설계됐다.

얼마 전 난초에게 근황을 들었다. 당분간은 입시에 전념하고 마음이 울적할 때는 수진이와 빙수 맛집 도장 깨기를 하러 다닌다고 했다. 난초에게 끈끈한 동성 친구가 생긴 것은 처음 봤는데, 이전과 달리 무척 행복해 보였다.

성인이란 호칭에는 나이가 필요하지만, 성숙은 그렇지 않다. 상처를 극복하고 내일을 살아가는 사람들은 모두 성

숙하다. 그런 의미에서 난초가 나보다 훨씬 더 성숙한, 어
떠한 '어른'이라고 생각한다.

난초는 내 마음도 꿰뚫어 본 적이 있었다.

"하은이 넌 남 연애에 정말 관심이 많은 것 같아. 다른
친구들 연애 상담에 누구보다 적극적이고 경청해 주는 걸
보면 말이야, 너도 역시……."

"역시라니?"

"좋아하는 사람이 있는 거지?"

그때 나는 답 없이 감자튀김만 입 안에 우걱우걱 넣었다.
세상에서 제일 재미없는 게 남 연애라는 말이 내게는 적용
이 안 됐다. 사랑 이야기가 세상에서 제일 재미있다. 언제
나 나의 관심사는 타인의 달콤 쌉싸래한 연애였다.

고민이 있어 보이는 친구들에게 먼저 다가가 이야기를
듣고, 아카이빙 하듯 다양한 사랑을 수집했다. 단지 친구
의 고민을 덜어 주고 싶다는 순수한 목적뿐이었다면 그토
록 열심히 연애 상담을 하고 다니진 않았을 거다. 타인에
게 밝히기 부끄러운 다른 목적이 있다.

'나도 해 보고 싶어.'

난초에게 들통나 버린 욕망이 부끄러웠다. 난초는 말을

하지 않아도 다 안다며 상대가 누구인지를 말해 보라고 채근했다. 한 사람이 떠올랐으나 차마 이실직고하진 못했다. 내가 보았던 그 수많은 사랑이 내게도 적용될 거라는 믿음이 없었다.

어째서 사랑이란 제삼자일 때는 객관적으로 판단이 가능하면서 당사자가 되면 불가능한 걸까?

이른 가을의 잠자리 같다. 이렇게나 큰데, 쉽게 잡히지 않는다.

도현과 멈춰 섰다. 벌써 횡단보도만 건너면 목적지였다. 오늘 공유할 수 있는 순간은 모두 끝났다. 아쉬움을 숨긴 채 주섬주섬 카디건을 벗었다. 돌려줄 때였다.

"다 듣고 나니 마음이 이상해."

"왜?"

"설레기도 하고 슬프기도 해서."

"그게 사랑이래."

"넌 그렇게 잘 알면서 왜 모태 솔로야?"

"놀리지 마."

카디건을 접어 건넸다. 도현은 집으로 돌아갈 때도 추울 테니 입고 있으라 배려해 줬지만 돌려주고 싶었다. 도현에게도 밤바람은 차가울 텐데 나만 따뜻하고 싶지는 않았다.

신호등이 바뀌길 기다리는 동안 나는 침울해진 도현을 달래 주기로 했다.

"슬플 거 없어. 이별 뒤에는 반드시 새로운 사랑이 찾아오기 마련이니까. 그게 아니라면 왜 어른들이 사랑이 아름답다고 했겠어?"

신호가 바뀌었다. 횡단보도에 서 있던 사람들이 일제히 반대편으로 걸어갔다. 나는 아직 도현의 기분을 바꿔 주지 못했다. 이대로 스터디 카페로 가 버려도 될까? 우물쭈물하는 나의 옷소매를 도현이 조심스럽게 잡았다.

"아직 가지 마."

"더 할 말이 있어?"

"네가 생각하는 사랑은 뭔데?"

파란불이 깜박거렸다. 곧 빨간불로 바뀔 거다. 이 신호를 놓치면 간발의 차로 8시까지 들어갈 수 없게 된다. 엄마와의 약속을 어겨 버리고 만다. 그래도 달려가고 싶지는 않았다. 나는 답했다.

"어디에도 없는 것 같지만 반드시 어딘가에는 있는 것. 그런 모순."

밤하늘이 도현의 눈에 모두 담겼다. 낯선 우주와 마주 보고 있는 기분이 들었다. 도현의 눈에는 밝은 빛이 서려 있었다.

"상황이 방해하고, 타이밍이 어긋나고, 등수가 다르고, 상처받아도 존재한다고 생각해?"

도현의 목소리에는 힘이 있었다. 도현은 질문을 하고 있지만 바라는 대답이 있는 듯이 물었다. 나는 망설임 없이 고개를 끄덕였다.

"물론!"

신호등은 다시 빨간불로 바뀌어 버렸다. 꼼짝없이 8시를 넘어 버렸다. 엄마와의 약속을 어겼고, 공부를 열심히 해 보자는 나와의 약속까지 어겼다. 곤란하게 됐지만 속상하지 않았다.

도현이 붙잡고 있던 옷소매를 슬며시 놓았다.

"그럼 나도 너한테 말할래."

"나한테?"

"오늘 네 이야기를 듣고 알게 됐거든."

"뭘?"

"내 마음이지."

횡단보도엔 단둘만 남았다. 현실이 동화 속에 숨어 버린 듯이 우리의 세계엔 그 누구도 보이지 않았다. 어젯밤에 도현을 생각하면서 들었던 음악이 머릿속에 재생됐다. 아무런 말 없이 그림처럼 도현을 바라봤다.

심장을 제외한 모든 것이 조용히 바닥에 내려앉아 다음 말을 기다렸다. 그 말이 끝난다면 터져 나오는 웃음을 참기 어려울지도 모른다.

"친구들이 겪었던 그 감정들을 나는 너에게 느끼고 있어."

늘 바랐었다. 도현에게 고백을 듣는다면, 혹은 내가 도현에게 고백한다면 어떤 말로 하게 될까? 사귀자는 표현은 부담스럽고 지금처럼 지내기에는 욕심이 났다. 사랑은 두렵고 좋아한단 말은 모자라, 어떤 말을 해야 가장 멋진 시작을 만들 수 있을지 매일 고민했다.

내 앞에 있는 썸남은 그런 나의 고민을 아주 우습게 만들었다. 치열한 말들 대신 담백하게 말했다. 친구들이 느낀 마음을 자신도 느낄 뿐이라고.

나는 역시나 참기가 어려웠다. 부풀 대로 부풀어 버린 풍선처럼 함박웃음을 터트리며 도현을 바라봤다. 오랜 고민은 이제 끝났다. 조금 더 가까이 다가갔다. 와락 안기고 싶은 마음에 서둘러 두 팔을 뻗었다.

"나도 그래!"

도현이 다가오는 나를 감싸 안았다. 우리의 세계에도 드디어 파란불이 켜졌다. 언제 빨간불이 켜질지 모르지만, 일단은 걸어가 보고 싶다. 마치 영원히 다음 신호는 없을 것처럼. 그저 서로의 감정에 최선을 다했던 친구들처럼.

나의 방식대로 미숙하게, 또 성숙하게.